कहां से कहां तक

हरियाणवी उपन्यास का हिन्दी अनुवाद

कहां से कहां तक

हरियाणवी उपन्यास 'समझणिये की मर'
का लेखक द्वारा स्वयं किया गया अनुवाद

डॉ. श्याम सखा श्याम

सरस्वती विहार
हिन्द पॉकेट बुक्स का सहयोगी संस्थान

आवरण
मिस्र की खुदाई से प्राप्त कांस्य की गाड़ी फ़िलाडेल्फ़िया, अमेरिका के सिटी म्यूज़ियम में प्रदर्शित। आवरण फ़ोटो परिकल्पना : श्याम सखा श्याम

कहां से कहां तक (उपन्यास)

प्रथम संस्करण : जनवरी, 2008

प्रकाशक : सरस्वती विहार
हिन्द पॉकेट बुक्स प्राइवेट लिमिटेड
जे-40, ज़ोरबाग़ लेन, नई दिल्ली-110003
दूरभाष : 24620063, 24621011

मुद्रक : डॉट सिक्यूरिटी प्रेस प्रा. लि., नई दिल्ली-110028

KAHAN SE KAHAN TAK (Novel)
By Shyam Sakha Shyam

ISBN 978-81-216-1244-9

07/08/01/01/11/SCANSET/DSP/DSP/DSP

ले कै दे दे कर के खा ले, उस तै कूण ज़ब़र हो सै,
नुगरा माणस नज़र फेर ज्या, समझणिये की मर हो सै।

आभार

हरियाणा की माटी का,
जिस मै धूल धूसरित होकै,
मेरा सलोना बचपन बीत्या।

अपनी बात

हर भाषा, हर बोली का अपना अनूठापन, अपनी मिठास, अपनी खटास, अपनी कड़वाहट, अपने मुहावरे और अपनी कहावतें होती हैं। इनका मज़ा सिर्फ़ उसी बोली में बयान किया जा सकता है, वरना उसकी मिठास और उसकी वक्रोक्ति का अर्थ गड़बड़ा जाता है।

हरियाणवी बोली को लोग लट्ठमार बोली कहते हैं और हरियाणवी कल्चर को एग्रीकल्चर कहके माख़ौल उड़ाया जाता है।

मैं इतना कहना चाहता हूं कि मेरी बोली में यह लट्ठमार दम-ख़म तो हमारे इतिहास की देन है। महाभारत से लेकर थानेसर की लड़ाई और फिर पानीपत की लड़ाइयों के अलावा अनेक छोटी-छोटी लड़ाइयां भी झेलनी पड़ी हैं इस धरती को।

दुर्योधन, शकुनी, मोहम्मद ग़ौरी, महमूद ग़ज़नवी, नादिरशाह, अहमदशाह अब्दाली और बाबर किस-किस आततायी ने नहीं रौंदा इस धरती को। मराठे, राजपूत, जाट, लोध, ब्राह्मण किस-किस जात के देश-भक्तों के ख़ून से नहीं सींची गई यह धरती।

और भाइयो, हम तो सदियों से पहले इंद्रप्रस्थ को और फिर दिल्ली को बचाने में लगे रहे और बचे-खुचे वक़्त में पेट भरने के लिए खेती कर लेते थे। इतिहास ने हमें नगर सभ्यता के निर्माण की फ़ुरसत ही कभी नहीं दी।

आखिर में मैं बाबा तुलसीदास की बात कहना चाहता हूं –

भाषा भनिति, भोरि मति मोरी,
हंसिबे जोग हंसे नंहि खोरी।

– **श्याम सखा श्याम**

अभिमत

'समझणिये की मर' हरियाणवी भाषा में एक जीवंत उपन्यास है। 'कहां से कहां तक' स्वयं लेखक द्वारा किया गया इसका हिन्दी अनुवाद है। सारी कथा दो वक्ताओं द्वारा दो श्रोताओं को सुनाई गई है। इस संवाद-योजना से समूचे कथानक की बुनावट में अद्‌भुत नाटकीयता का समावेश हो गया है। कथा का पूरा फलक देश और विदेश के परिवेशों को अपने अंदर समाहित किए हुए है। दो संस्कृतियों की विषमता ने भी उपन्यास के प्रभाव में वृद्धि की है।

हरियाणवी भाषा उपन्यास की मूल जीवनी शक्ति है। यह हरियाणवी मुहावरों, सूक्तियों, लोकोक्तियों और रागनियों के अंशों से जीवन्त हो उठा है। इससे हरियाणवी उच्चारण और लहजे का ठेठ अन्दाज सुरक्षित रहा है और हरियाणवी लोक-संस्कृति की सुगन्धि का सहज संचार हो गया है।

'समझणिये की मर' का यह हिन्दी अनुवाद कथा-रस से परिपूर्ण है और इसके राष्ट्रीय स्तर पर प्रकाशन के लिए मैं डॉ. श्याम सखा 'श्याम' को बधाइयां देता हूं।

– डॉ. हरिश्चन्द वर्मा

पूर्व प्रोफेसर तथा अध्यक्ष, हिन्दी तथा ललित कला विभाग, डीन भाषा-संकाय
महर्षि दयानंद विश्वविद्यालय, हरियाणा

"नफ़े सिंह का नाम नफ़ा या नफ़े सिंह क्यों रखा, किसने रखा, यह कहानी तो मैं नहीं जानता बेटे; परन्तु नफ़े ने अपने नाम का अर्थ सार्थक कर दिखाया। नफ़े माने नफ़ा और नफ़ा होता है फ़ायदा।"

इतना कहकर दादा कचरू ने अपना पोपला मुंह हुक्के की नै पर रखा और एक लम्बा कश खींचा। हुक्का ताजा भरा हुआ था और दादा कचरू के फेफड़े कमज़ोर थे। कश खींचते ही कड़वा धुआं दादा के फेफड़ों में घुस गया और दादा कचरू की सांस ऊपर-नीचे होने लगी। मैंने दादा की कमर मलनी शुरू कर दी। दादा पहले खंखारा फिर पास रखी राख की तश्तरी में बलगम थूक दिया। अब भी उसकी सांस जल्दी-जल्दी चल रही थी। मैंने गिलास में पानी लेकर दादा को दे दिया। दादा ने घूंट भर-भरकर कुल्ला किया। फिर दो-तीन घूंट पानी पिया। तब जाकर उसके श्वास ठीक हुए।

असल में आज सुबह-सुबह हमारे गांव से बाहर बने जोहड़ (तालाब) के किनारे पर बने शहीद नफ़े के स्मारक पर झगड़ा हो गया था। आज नफ़े की शहादत की पांचवीं बरसी थी। सुबह-सुबह जब मैं, मैं कौन? जी, मेरा नाम शमशेर है और मैं इसी गांव का भानजा हूं। भानजा माने बहन का जाया। मेरी मां इस गांव की बेटी थी। उसका विवाह आज से क़रीब पच्चीस-तीस साल पहले, यहां से चालीस किलोमीटर दूर चरखी दादरी के चीणे गांव में मेरे पिताजी के साथ हुआ था। मेरी मां मेरे नाना की इकलौती बेटी थी, नाना का कोई बेटा नहीं था। सो, मेरे नाना के मरने के बाद उनकी ज़मीन-जायदाद, खेत-खलिहान, हिन्दू उत्तराधिकार क़ानून के तहत मेरी मां के नाम हो गए थे। हम हर साल खेत-खलिहान बंटाई पर देने के लिए यहां, चमारियां गांव में

आते हैं। कभी मेरे पिताजी आया करते थे और क्योंकि अब वे बूढ़े हो गए हैं, इसलिए कभी मैं और कभी मेरा भाई इस काम के लिए आते हैं।

हम यहां अपने नाना के अजीज मित्र नम्बरदार रिसाल सिंह की बैठक में रुकते हैं। मेरे नाना के हकीकियों, उसके परिवार के भाइयों ने तो मेरी मां पर मुक़दमा ही ठोक दिया था। उसकी और कोई सन्तान ही नहीं थी। मुक़दमा दस-बारह वर्ष चला था और लम्बी लड़ाई के बाद ही मां को अपना हक़ मिला था। इसमें नम्बरदार रिसाल सिंह ने मेरे माता-पिता का बहुत साथ दिया था। मुक़दमे के कारण उन हकीकियों से तो हमारी बोलचाल बन्द हो गई थी। ख़ैर! यह कहानी तो बहुत लम्बी है, फिर कभी सुनाऊंगा। आज तो मैं यहां शहीद नफ़े सिंह की कहानी सुनने के लिए बैठा हूं। नम्बरदार रिसाल सिंह के पिता, दादा कचरू के पास। मैं दादा कचरू क्यों कह रहा हूं, नाना क्यों नहीं कहता। भाई! यह गांव-देहात है, यहां सीधे-सादे लोग-बाग और सीधे रस्म-रिवाज, रिश्ते-नाते होते हैं। शहरियों की तरह यहां नाना को नॉ और उसके पिता को ग्रैंड नॉ नहीं कहते। रिसाल नम्बरदार मेरे नाना का मित्र था, अतः उसका पिता मेरा दादा कहलाएगा। यही रीति है यहां की।

हां, तो मैं कह रहा था कि आज सुबह-सुबह जब मैं दिशा-मैदान से वापिस आ रहा था तो एक लम्बी-सी एस्टीम कार से, एक पच्चीस-तीस वर्ष की औरत और उसके साथ चार-पांच वर्ष का एक लड़का उतरे। दोनों ने शहीद नफ़े सिंह की प्रतिमा के आगे खड़े होकर हाथ जोड़े। फिर ड्राइवर की दी हुई माला प्रतिमा को पहना दी। तभी पता नहीं कहां से पागल डॉक्टर अड़िया वहां आ पहुंचा और उस औरत को गाली देने लगा।

"रांड! अब यहां क्या लेने आई है? तूने गांव के सपूत को तो खा लिया और अब ड्रामा करने के लिए यहां आ गई। मैं तुझे मार डालूंगा।" यह कहकर अड़िया उन्हें पत्थर मारने लगा। गांव के दो-तीन आदमी जो वहां खड़े थे, उन्होंने अड़िया को पकड़ लिया। वह औरत और लड़का अड़िया की तरफ़ मुंह बिचकाकर कार में बैठकर उड़न छू हो गए। आज शाम को सब सोने के लिए घर चले गए। नम्बरदार रिसाल सिंह बैठक के ऊपर बने चौबारे

में चला गया। यूं तो मैं भी उसके साथ ही चौबारे में सोता हूं परन्तु आज मैं नीचे दादा के पास सोऊंगा।

दादा कचरू की उम्र नब्बे वर्ष के क़रीब होगी। मैंने उसका हुक्का भरकर सुबह वाली घटना बताकर दादा से पूछा, यह क्या झगड़ा था? तब दादा ने बताना शुरू किया ही था कि उसको फिर खांसी का दौरा पड़ गया।

खांसी ख़त्म होने के बाद दादा कहने लगा, "बेटे, क्या बताऊं? भरतू जाट का अच्छा खाता-पीता परिवार था। मेहनतकश और ईमानदार आदमी था, भरतू। अपने काम से काम रखना, उसका उसूल था। बेचारा बहुत शरीफ़ था। उसकी घरवाली भी ठीक उसकी तरह सीधी-सरल औरत थी। उसके दो लड़के हुए, रणसिंह और रघबीर। यह जो अड़िया है ना। यह असल में रणसिंह है। यह तो इसके अड़ियल रवैये, आदत के कारण इसका नाम अड़िया पड़ गया। भरतू ने अपने दोनों लड़कों को पहले दूसरे गांव की पाठशाला में, फिर शहर में पढ़ाया। रणसिंह तीन बार चौदहवीं में फेल होकर मैडिकल कॉलेज में पर्ची काटने वाला लग गया। मैडिकल में क्या लगा, सब कहने लगे कि डॉक्टर लग गया। इसलिए इसको डॉ. अड़िया कहने लगे।"

"तो मैं कह रहा था ना," दादा बोला, "भरतू अच्छा खाता-पीता सोलह एकड़ का जमींदार था। उसको लगन थी कि उसके बच्चे पढ़-लिखकर अफ़सर बनें परन्तु पता नहीं किस मनहूस की नज़र लग गई। बड़ा बेटा तो चौदहवीं में तीन बार फेल होकर बड़ी मुश्किल से मैडिकल कॉलेज में पर्ची काटने वाला लग गया। तब अच्छा समय था। रिश्वतखोरी का बोलबाला नहीं के बराबर था। लियाकत पर ही काम हो जाते थे। छोटी-मोटी कमी सिफारिश से पूरी हो जाती थी। रोहतक में नया मैडिकल कॉलेज खुला था। इस इलाक़े की बोली समझने वाले को नौकरी मिल जाती थी। इससे मरीजों की बात डॉक्टरों को और डॉक्टरों की बात मरीजों को समझाने वाले का काम चल जाता था। जिस तरह राजदूतों को दुभाषिए की आवश्कता होती है ना, इन अंग्रेज़ी पढ़े-लिखे शहरी डॉक्टरों को भी पढ़े-लिखे देहाती बच्चों की ज़रूरत थी। बस इसी कारण से रणसिंह पर्ची काटने वालों में भर्ती हो गया।"

दूसरे बूढ़ों की तरह दादा कचरू को भी बात को घुमा-फिराकर कहने की बीमारी थी। इसी बात से दुखी होकर लोग इन बूढ़ों के पास बैठना नहीं चाहते और कभी फंस ही गए तो जल्द-से-जल्द इनके पास से भागने का बहाना ढूंढ़ने लग जाते हैं, परन्तु मुझे तो आज सुबह हुए झगड़े की जड़ में पहुंचने की उत्सुकता थी। यूं भी ये बूढ़े बेशक पढ़े-लिखे न हों परन्तु व्यावहारिक ज्ञान में इनका कोई सानी नहीं होता। इसलिए जब कभी मैं यहां आता हूं तो दादा से हर बार कुछ-न-कुछ ज्ञान की बात सीख कर ही जाता हूं। पिछली बार भी उसने कई बहुत पुरानी कहावतें और उनके जो अर्थ बताए थे, वे अपने आप में अनूठे थे। उन्हीं में से एक था :

हैजे की बीमारी
आलू की तरकारी
रेल की सवारी
और नौकरी सरकारी
भाग्य वाले को ही मिलती है।

यूं देखने-सुनने में कोई विशेष बात नज़र नहीं आती परन्तु दादा कचरू की जुबानी जिस तरह मैंने सुनी, तुम भी सुन लो। बूढ़ों की सोहबत में बैठ-बैठकर मेरा दिमाग़ भी कुछ-कुछ सनकी हो चुका है। कहां तो शहीद नफ़े सिंह की कहानी चल रही थी और कहां मैं रेल की सवारी को लेकर बैठ गया।

यूं देखने-सुनने में यह कोई ख़ास बात नहीं लगती, मगर दादा कचरू की व्याख्या से इस कहावत की महत्ता का पता चलता है। दादा की बात सुनकर मैंने कहा 'आलू की तरकारी' आलू तो लुढ़कते फिरते हैं सरे-बाज़ार। दादा कहने लगा, "बेटा! पहले किसान परिवार के पास काम की बहुतायत होने से कौन सब्ज़ी-भाजी बना पाता था। सुबह सवेर लस्सी में नमक डालकर उससे ही रोटी खाकर सभी काम पर निकल पड़ते थे। शाम को दूध के गिलास के साथ रोटी भीतर धकिया लेते थे। तथा घर में दूध न होने पर तो सिल बट्टे पर चट्टन पला (सूखी साबित लाल मिर्च तथा नमक को रगड़कर बनाई चटनी) से ही गुज़ारा करना पड़ता था।

"सब्ज़ी-भाजी वह भी आलू की सब्ज़ी तो किसी मेहमान के आने पर बनाई जाती थी तथा गेहूं के फुलके भी तभी बनते थे वरना गोचणी (गेहूं-चण ा) के मोटे-मोटे टिक्कड़ ही थे किसान परिवार के भाग्य में।

"हैजे की बीमारी को इसलिए अच्छा माना जाता था कि उसमें व्यक्ति अधिक तड़पता नहीं था। मात्र कुछ घंटों में अधिक दस्त आने से मृत्यु हो जाती थी। उस वक़्त आज की हार्ट अटैक तो कभी हमने सुनी नहीं! मेरे ख़याल से हार्ट अटैक तो चिन्ता के कारण होता है, उस वक़्त काम से ही फ़ुरसत नहीं थी। चिन्ता करने का वक़्त कहां से मिलता।" दादा हंसकर कहने लगा, "पर बेटे शमसेर, यह हार्ट अटैक तो हैजे से भी बिढ़या बीमारी है, हैजे में जहां घंटे लगते थे, इसमें तो मिनटों में आदमी का काम तमाम हो जाता है।"

"तीसरी बात रेल की सवारी की, तो बेटा उस वक़्त ना सड़क थी, ना थारी फर-फर करती मारुति। उस वक़्त तो लोग तांगे या बैल गाड़ियों पर सफ़र करते थे। कच्ची सड़कों पर इन सवारियों के हिचकौले-झटके आज के लोग सहन नहीं कर सकते उनकी तो धरण डिग जाएगी," दादा ने मुस्कराकर कहा। "तब रेल की सवारी का अपना मजा था। मजे से सीट पर बैठो और जल्द ही पहुंच जाओ। आज भी बेटा, मेरे ख़याल से रेल की सवारी का अपना मजा है, ना भीड़, ना जान, ना एक्सीडेंट।

"और चौथी बात है सरकारी नौकरी की। उस वक़्त सरकारी नौकर की बड़ी इज़्ज़त होती थी। सारी उम्र वेतन, फिर सेवानिवृत्ति पर बिना काम किए पेंशन, यही नहीं मर जाने पर घरवाली को भी पेंशन। बेटे, न धूप की, न बरसात की, न पाला पड़ने की चिन्ता होती है, नौकरी में वेतन तो खरा है ना। तब तो नौकरी मिल भी आसानी से जाती थी, क्योंकि पढ़े-लिखे लोग ही कम होते थे। ना ही तब रिश्वत का चलन था। अब तो नौकरी निकलते ही बच्चों के बाप चाचा ढूंढने लग जाते हैं कि किस अफ़सर, नेता को रिश्वत दें कि बच्चे की नौकरी लग जाए। बड़ा बुरा वक़्त आ गया।"

हां तो दादा कचरू कह रहा था कि रणसिंह को नौकरी किस तरह मिली थी। दादा बोला, "भरतू ने बताया था कि रणसिंह का एक महीने का वेतन

पूरा एक सौ पच्चीस रुपये था - गांव के पटवारी जितना। पटवारी को तो बेटा, तू जानता है कि वह देहातियों के लिए लाट साहब होता है। इसलिए पटवारी के बराबर वेतन लेकर रणसिंह घर आया तो भरतू ने सारे पाने-मुहल्ले में शक्कर बांटी थी।

"शुरू-शुरू में तो रणसिंह ठीक-ठाक रहा। मैडिकल कॉलेज और गांव की दूरी ही कितनी है? मुश्किल से कोई पांच किलोमीटर। भरतू ने नई एटलस साइकिल निकलवाई थी रणसिंह के लिए। सुबह पैडल मारते हुए जाता और शाम को पैडल मारते हुए आ जाता।

"भरतू का दूसरा लड़का रघुबीर अखाड़े में जाता था। उसका मन पढ़ाई में नहीं लगता था, परन्तु पट्ठे ने शरीर तगड़ा बना लिया था। तीज के त्यौहार पर उसके लंगर घुमाने के बाद किसमें इतनी हिम्मत थी कि कोई अखाड़े में उसका सामना करने के लिए आ जाता। अध्यापकों ने नक़ल कराकर उसको दसवीं करा दी। कुछ तो पहलवानी ऊपर से दसवीं का सर्टिफ़िकेट। ऊपर से भाई हमारे गोत्र का एम.एल.ए. था। उसने पुलिस कप्तान से कहकर रघबीर को पुलिस में भर्ती करवा दिया। जाट के दो-दो कमाऊ पूत, बाप अच्छा जमींदार; रिश्ता करने वालों की लाईन लग गई। रघुबीर सिंह ने तो मना कर दिया कि अभी शादी नहीं करवाऊंगा। हां रणसिंह का रिश्ता दिल्ली सूबे में नरेले के पास किसी गांव में हो गया। उस समय दिल्ली की धरती आज की तरह सोने के भाव नहीं बिकती थी। वहां भी किसान खेतों में अनाज बोकर मेहनत से गुज़ारा करते थे। यह आपा-धापी तो अभी आकर हुई है। सच बताना बेटा," दादा ने पूछा, "कल रिसाला किसी को बतला रहा था कि दिल्ली में एक एकड़ एक-एक करोड़ का बिकने लगा है?"

मैं नफ़े की कहानी को फिर दूर जाते देखकर दुखी तो बहुत था, परन्तु बोला, "हां दादा, सच्ची बात है।"

दादा ने लम्बी सांस लेकर कहा, "भाई! फिर तो घोर कलयुग आ गया। पुड़िया में गुड़-शक्कर, डिब्बों में घी-दूध और अब ज़मीन का यह भाव। कहां जाकर रुकेगी यह दुनिया?"

"दादा, तू कह रहा था कि रणसिंह की शादी नरेले हो गई।" मैंने दादा को कहानी की तरफ़ वापिस खींचने की फिर कोशिश की।

"हां, बेटा! मैं भी गया था उस बारात में। दो दिन रुकी थी बारात। उस समय तो सभी बारातें दो दिन ही रुका करतीं। बड़ा आदर-सम्मान होता था। पहुंचते ही सभी बारातियों को नहलाते। इससे पहले गांव का नाई हजामत बनाता। जवान लड़के ख़त बनवाते थे। ख़त का मतलब वही होता है, जिसे आजकल तुम लोग कलम बनवाना कहते हो। तब औरतों जैसे लम्बे बाल तो छोटी जाति वाले ही रखते थे। जाट-जमींदार तो मशीन फिरवाते थे। यूं भी भाई रेत-माटी, भूसे में बाल रखना, दुखी ही होना है। अब तुम्हारे जैसे को लम्बे बाल क्या दुख देंगे।" दादा ने मेरे बाल देखकर कहा।

"बड़ी सेवा की थी भाई भरतू के समधी ने। मैंने तो सतपकवानी तब ज़िन्दगी में दूसरी बार खाई थी। उससे पहले बनवारी बनिये के लड़के की बारात में करनाल गए थे, तब खाई थी। बनवारी हमारे गांव का आढ़ती था। अब तो वह मर चुका है और भाई आजकल के बच्चे तो मिठाई की तरफ़ मुंह भी नहीं करते। करें भी कैसे? मां-बाप बचपन में ही मिठाई नाक तक ठूंस देते हैं।

"पहले शहर-बाज़ार में दो-चार हलवाई होते थे। अब तो गांव के बस अड्डे पर ही चार हलवाई आ मरे। रात को जब फेरे होने लगे, तो दोनों तरफ़ के लोगों ने भरतू के छोटे पहलवान लड़के रघुबीर का भी रणसिंह की छोटी साली के साथ विवाह कर दिया। रघुबीर ने तो भागने की बहुत कोशिश की, परन्तु असफल रहा।

"विवाह के एक वर्ष बाद रणसिंह की पत्नी तो आ गई थी मुकलावा (गौना) करके, परन्तु रघुबीर की पत्नी की उम्र कम होने के कारण उसका मुकलावा पीछे हुआ था। पहले बच्चों की शादी तो छोटी उम्र में ही कर दिया करते थे। फिर जब लड़की सयानी हो जाती, तब उसे सुसराल भेजते थे। इसी रस्म को मुकलावा कहते हैं। मेरा मुकलावा तो विवाह के नौ बरस बाद हुआ था," कहते-कहते दादा शर्माने लगा।

मैंने पूछा, "दादा हुक्का फिर भर दूं।"

वह बोला, "बेटा क्यों दुखी होता है?" जब मैंने चिलम उठाई तो दादा बोला, "यूं तो बेटा, यह तेरी अच्छी आदत है कि तू तम्बाकू का नशा नहीं करता, परन्तु अकेले हुक्का पीने में वो मजा नहीं आता। असल में हुक्का तो किसान खेत में काम करता-करता थकान उतारने के लिए पीता है या फिर आदमियों के साथ बैठने के लिए यह भी एक बहाना था, जिस तरह आजकल तुम्हारे क्लब होते हैं।"

"दादा, यह बात तो ठीक है, परन्तु यह हर जात का हुक्का अलग-अलग होना क्या ग़लत विचारधारा नहीं है।" मैं पूछ बैठा।

दादा थोड़ी देर सोचता रहा, फिर बोला, "देख बेटे! मैं तो लगभग सारी उम्र किसान ही रहा। क्या हुआ पाधे (उपाध्याय) की पाठशाला में दो साल धक्के खाकर हस्ताक्षर करने सीख लिये जिसके कारण हाकिमों में मुझे पढ़ा-लिखा नम्बरदार कहा जाने लगा। थोड़ा-बहुत अख़बार, भजनों की किताब और लखमीचन्द-मांगेराम के सांग भी मैंने पढ़े, परन्तु एक बात बताऊं, हमारे पुरखों ने सारे रीति-रिवाज बड़े सोच-समझकर बनाए थे। इनके पीछे ज्ञान की बात थी। हुक्का अलग होना तो छोड़ो। जाति-पात की जहां तक बात है, तू मुझे एक बात बता कि उस ज़माने में अगर बनिये की लड़की जाट के लड़के से ब्याही जाती तो क्या होता? क्या वह लड़की भैंस का दूध दोह लेती या खेत में नलाई-लामणी (गेहूं काटना) कर पाती? भैंस के चारे का गट्ठर सिर पर ला पाती या पानी का मटका ला पाती? तू मुझे बता, क्या बेचारी काम के बोझ के नीचे मर नहीं जाती? और अगर किसी चर्मकार के साथ ब्याह दी जाती तो क्या वह चमड़ा साफ़ करना, रंगना इत्यादि काम कर लेती। बोलो तुम? लोग यूं ही जाति-पाति और वर्ण-व्यवस्था के पीछे पड़ जाते हैं और इनसे भी ज़्यादा दोष राजनेताओं का है जो धर्म, जाति, मज़हब के झगड़ों को ज़िन्दा रखते हैं। अब तो पढ़ाई के साथ-साथ अपने-आप ही जात-पात के बन्धन टूटने लगे हैं।

"हमारे रिसाल सिंह के डॉक्टर पोते ने सिंधी डॉक्टर लड़की से विवाह

कर लिया, क्या किसी ने कुछ कहा? भाई लड़का डॉक्टर, लड़की डॉक्टर; दोनों की डॉक्टर जाति हुई ना? मां-बाप की जाति थोड़ा देखनी थी। जाति-पाति तो कर्म से होती है। जो जिस तरह के कर्म में लग रहा है, उसकी वही जाति और पहले क्या नहीं था। ऋषि विश्वामित्र क्षत्रिय थे। अपने कर्मों के कारण ब्रह्मऋषि बन गए थे और बाबा बाल्मीकि शूद्र थे, ब्राह्मण बन गए थे कि नहीं?

"तो पहले इतना झमेला नहीं था। यह तो बीच में और अब बढ़ गया। अगर इस विचारधारा को लोगों पर ही छोड़ दिया जाए तो स्वयं ही जाति-पाति के बन्धन ख़त्म हो जाएंगे, परन्तु वोट की राजनीति इसे नहीं होने देती। बेटे, जाति-पाति, छुआ-छूत पर समाज को अलग-अलग करने की बात करने वाले अगर इस तरफ़ से आंख बन्द कर लें तो समाज में, कम-से-कम हरियाणा के समाज में, सभी जातियों को सम्मान मिल जाता। हमारे बचपन में कभी किसी को हम जाति से नहीं बुला सकते थे। अगर ग़लती से मुंह से ऐसी बात निकल भी जाती, जैसे ऐ चूहडे (बाल्मीकि) की बहू, तो पास में खड़ी मां-दादी ऐसा ज़ोरदार थप्पड़ मारकर कहती – क्या भाभी-चाची-ताई कहते हुए तुम्हारा मुंह सूख रहा है।

"जब किसान की फ़सल खेतों में पककर तैयार हो जाती थी, तो तुम्हें पता है क्या होता था? सबसे पहले तो माप भरकर जमादार का हिस्सा दिया जाता था। हां, सबसे पहले हिस्सा सफ़ाई करने वाले का होता था। फिर चर्मकार का, नाई, लुहार, खाती को उसका हक़ मिलता था और उसके बाद मिसर-पुरोहित को। इन सबको इनका हिस्सा देने के बाद ही किसान फ़सल को अपने घर लाता था और उनको इस प्रकार हक़ देना उनके लिए खैरात नहीं थी, क्योंकि पूरे वर्ष जमादार सफ़ाई करता था। चर्मकार जूती बनाता, औरना (बीज बोने का औजार), बैलों के, घोड़े-घोड़ियों की लगाम; लोहार हल, फावड़े, दरांती, गंडासे और खाती लकड़ी की गाड़ी, जुआ, खाट-पलंग इत्यादि बनाते थे। पुरोहित कर्म-कांड, भजन-मुहूर्त, सलाहकार तथा समाज को संभालकर रखने का काम करते थे। इस तरह सच्चा समाजवाद था हमारे देश में। सिर पर गन्दगी ढोना तो शहर का रिवाज है, देन है। हम तो पहले भी पाखाने के लिए बाहर जाते थे और अब भी।"

मैंने हुक्का दादा को पकड़ा दिया। अबकी बार दादा ने ज़ोर से नाल खींचकर छोटे-छोटे कश मारने शुरू किए। दो-चार कश मारकर दादा बोला, "बेटा! तुम्हारे जैसा सुनने वाला हो तो फिर सुनाने में अलग ही मजा आता है। आजकल के बच्चों को तो सुनने की फ़ुरसत ही नहीं होती। बेचारे हवा के घोड़े पर सवार रहते हैं। बूढ़ों को तो ओल्ड फैशंड कहते हैं।

"अंग्रेज़ी सुनकर चकरा मत जाना। मैंने तुम्हें बतलाया था कि तहसील में एकमात्र मैं ही पढ़ा-लिखा नम्बरदार था इसलिए अंग्रेज़ डिप्टी कमीश्नर मुझे बुला लिया करता – इलाक़े का हाल-चाल जानने के लिए। यूं वह उर्दू पढ़ा-लिखा था, परन्तु आदतन कई बार बातचीत में अंग्रेज़ी के शब्द भी बोल जाता था और फिर मुझे उसका अर्थ समझाया करता। इसलिए मैं भी अंग्रेज़ी के काफ़ी शब्द सीख गया।"

मैं डर गया। अगर दादा का अंग्रेज़ी राज का बड़ाई-पुराण शुरू हो गया तो नफ़े सिंह का क़िस्सा गुम हो जाएगा। अतः मैं जल्दी-से बोला, "हां दादा, तुम कह रहे थे कि रघुबीर का मुकलावा देर से हुआ था।"

"हां, बेटा, जब तक रघुबीर का मुकलावा हुआ, रणसिंह को एक लड़का हो चुका था, परन्तु दाई की ग़लती से वह पैदा होते ही मर गया। रणसिंह की घरवाली भी बड़ी मुश्किल-से बची थी। तब आज जैसे साधन कहां सुलभ थे। भरतू की पत्नी, रणसिंह की मां, भी बूढ़ी हो चुकी थी और रणसिंह की बहू बीमार हो गई थी। इसलिए रघुबीर का मुकलावा जल्दी करना पड़ा।

"भाई! कुछ भी कहो, दिल्ली सूबे की लड़कियां सुन्दर तो होती ही हैं। दोनों बहनें बला की ख़ूबसूरत थीं। जब पहन-ओढ़कर कुएं पर पानी लेने के लिए जाती थीं, तो गबरु-जवान अपलक देखते रह जाते थे।

"बस, यहीं तक बेचारे भरतू के दिन बहुत बढ़िया रहे। तू तो जानता है बेटे कि किसान कितनी मेहनत से खेत की बुआई, पानी देना, फिर फ़सल काटना आदि काम करता है, तब जाकर कहीं दो दाने हाथ आते हैं। ऐसे ही मां-बाप बच्चों को जन्म देकर पाल-पोसकर, पढ़ा-लिखाकर इस आशा के साथ कि बुढ़ापे में हमारी सेवा करेंगे, बड़ा करते हैं, परन्तु जिस तरह कभी-कभी

फ़सल आंधी-तूफान, बेमौसम बारिश या ओलों से ख़राब हो जाती है या फिर कपास की सुंडी जैसी बीमारी लग जाती है, ऐसे ही ग़लत संगत में पड़कर बच्चे अपना भविष्य और मां-बाप का वर्तमान ख़राब कर देते हैं। ठीक यही वजह भरतू के लड़के रघुबीर के साथ हुई। बड़ा धर्म-कर्म को मानने वाला, सीधा-सरल लड़का था रघुबीर। पुलिस की नौकरी करते-करते पता नहीं किसने उसे शराब पीना सिखा दिया। लड़के को मानो ग्रहण लग गया। शुरू-शुरू में छिप-छिपाकर पीता था। फिर तो सारी लाज-शर्म ताक पर रख दी। शेर-सी क़द-काठी दो साल में घुल गई और जिगर ख़राब होकर पीलिया हो गया, फिर तो भरतू और रणसिंह ने रोहतक मैडिकल कॉलेज, चंडीगढ़ तथा दिल्ली के सभी अस्पतालों में धक्के खाए, परन्तु वह नहीं बचा। भरतू की पत्नी भी इस ग़म में दुनिया छोड़कर स्वर्ग सिधार गई।" कुछ देर रुककर दादा फिर कहने लगा, "घर में जवान बेवा बहू थी। मरता क्या न करता? जिस तरह गांव-देहात में रिवाज है, रघुबीर की पत्नी, क्या नाम था उसका, हां सुशीला, उसको रणसिंह का लत्ता ओढ़ा दिया। रणसिंह की घरवाली सरला उसकी बहन थी। सोचा था दोनों मिल-मिलाकर समय काट लेंगी।"

मैंने पूछा, "दादा ये लत्ता ओढ़ाने की रीति कई बार बड़ी गड़बड़ कर देती है। जेठ और बहू की उम्र में पन्दह-बीस साल का अन्तर होता है और कई बार कमउम्र देवर के साथ अधेड़ भाभी पर लोग यह प्रथा लाद देते हैं? क्या यह बात जायज़ है?"

दादा बोला, "बेटा! अब तो ये रिवाज भी तक़रीबन ख़त्म होते जा रहे हैं, परन्तु उस समय इसकी सामाजिक ज़रूरत थी। पुराने समय में, ज़मीन-जायदाद का बंटवारा ना करना पड़े और बेवा औरत को सही-सही मान-सम्मान मिल जाए। अगर उसकी शादी कहीं और कर दें और उसकी कोई औलाद हो तो वह कहां रहे? नया पति उन बच्चों को क्या पता अपनाए या ना अपनाए। कम-से-कम अपने चाचा-ताऊ तो इतने जालिम न होंगे। बेवा की शादी न करें, लत्ता ना ओढ़ाएं, तो जवान-जहान बहू-बेटी अगर ग़लत क़दम उठा ले, तो क्या हो? लत्ता ओढ़ाने के बाद उस बेचारी को हक़ मिल जाता था। एक कस्टमरी क़ानून भी था कि मरने वाले भाई को अगर कोई सन्तान नहीं हो,

तो लत्ता ओढ़ाने के बाद उस औरत को जो बच्चा पैदा होगा, उस बच्चे को बाप का नाम उसके मृतक पति का ही दिया जाएगा। इससे उस औरत और उसके बच्चों को अपने पति की जायदाद पर अपना सही अधिकार मिल जाता था। रघुबीर क्या मरा, भरतू के दुर्दिन शुरू हो गए। रणसिंह की पत्नी सरला अपने नाम के अनुरूप सरल स्वभाव की औरत थी, परन्तु उसकी छोटी बहन और अब देवरानी सुशीला तो पूरी सुरसा बन गई। न वह रणसिंह की सुनती, न सरला की और ना ही भरतू की। जब उसका मन करता अपने मायके नरेला चली जाती और महीना-महीना तक वापिस नहीं लौटती। अगर यहां गांव में रहती तो घर में कलह करने लग जाती और परिवार के मान-सम्मान को मिटाने के लिए तैयार रहती। असल में रणसिंह क़द-काठी का कमज़ोर था। इस पर भाई की मौत का रंज और उसकी और सुशीला की उम्र में भी अधिक अन्तर था। जिस बात की तुम शंका जता रहे थे, वही बात यहां हो गई। सुशीला के पंख निकल आए। रोज़ नई-नई बात सुनने में आती कि आज इसके साथ देखी, आज उसके साथ थी। एक बार तो अपने गांव गई और एक ड्राइवर के साथ भाग गई।

"रणसिंह अपनी बेइज़्ज़ती सहन नहीं कर पाया और शराबी बन गया। जो रणसिंह कभी हुक्के-बीड़ी को हाथ नहीं लगाता था, जो रघुबीर को भी शराब पीने से रोकता था, अब हर रोज़ नशे में धुत होकर घर आता था। सुशीला तीन-चार महीने के बाद फिर वापिस आ गई। बिलकुल कमज़ोर होकर सूख गई थी – हड्डी-पसली साफ़-साफ़ दिखाई देती थी। रणसिंह तो उसको घर से निकालना चाहता था, भरतू और सरला ने मुश्किल-से रणसिंह को मनाकर सुशीला को घर में रख लिया। बेटा, वह इतनी कुजात निकली कि उसने अब रणसिंह पर अपना जादू बिखेर दिया। उस वक़्त सरला गर्भवती थी। पति की क्या सेवा करती? और सुशीला थी पूरी त्रिया-चरित्र में माहिर। रणसिंह को उसने अपना गुलाम बना लिया। उसके कहने में आकर वह उस गाय-सरीखी सरला को भी पीटने लगा। मां जाई बहन सौतन बन गई। उन्हीं दिनों में रणसिंह को लाटरी-जुए की लत भी पड़ गई थी। कभी-कभी दुख के बादलों में सुख की बिजली भी चमक जाती है। सरला ने लड़के को जन्म दिया। उसी

दिन रणसिंह की एक लाख रुपये की लाटरी निकल गई। क्या पता, किसी ने इसी बात पर लड़के का नाम नफ़े रख दिया हो," दादा ने दूरदर्शिता के अन्दाज़ में आंख मिच-मिचाकर कहा, "रणसिंह ने लड़का होने की ख़ुशी में देसी घी के लड्डू बांटे और पानी की तरह शराब की बोतलें खोल दी थीं, हालांकि भरतू नाराज़ था। उस बेचारे की कौन सुनता था?

"उन दिनों, सन् सड़सठ-अड़सठ में लाख रुपयों की क़ीमत बहुत थी, शायद आज के करोड़ रुपयों जितनी। रणसिंह ने एक काम तो अच्छा किया कि अपनी मां के नाम पर जाट स्कूल में दान देकर एक कमरा बनवा दिया, लेकिन बाकी के रुपयों को लेकर डूब गया। लाख रुपये मिलते ही उसने अपनी नौकरी से इस्तीफा दे दिया, बोला, 'लखपति किसी की नौकरी करेंगे क्या? सुख से बैठकर खाएंगे।' ख़ैर! बैठकर खा लेता तो भी ठीक रहता। तब तो डाकखाने में भी पैसे जमा कराने पर चौदह-पन्द्रह प्रति सैंकड़े का ब्याज़ था। ब्याज़ और ज़मीन की कमाई से परिवार का गुजर-बसर ठीक हो जाता, परन्तु यह क्या होना था? बिना कमाया धन कभी वफ़ा नहीं करता। नफ़े एक वर्ष का ही हुआ था कि सरला बीमार होकर मर गई। उधर सुशीला को एक के बाद एक दो लड़कियां पैदा हुईं। इस बात का भी कहर नफ़े पर ही टूटा। यह तो भरतू ज़िन्दा था, वरना क्या पता नफ़े कब का मर जाता?

"रणसिंह का दिमाग़ तो हवाई क़िले बनाने लग गया था। सुशीला उसको दिल्ली ले गई कि वहां रहकर व्यापार करेंगे। वहां उसने किसी धींगड़ा के साथ मिलकर बिजली के तार बनाने की फैक्टरी लगा ली। चालीस-पंचास हज़ार रुपये फैक्टरी में लगा दिए। दस-बारह हज़ार का एक मकान नरेला में ख़रीद लिया। यह सारी बातें बेचारा भरतू मुझे बतला जाया करता। फिर सुनने में आया कि मकान तो फैक्टरी के नाम लिये क़र्ज़ में गया। इसके विपरीत क़र्ज़ न देने के कारण रणसिंह को क़र्ज़ से बचने के लिए अपनी दो एकड़ ज़मीन भी बेचनी पड़ी। भाई, ये सब तो निपटा भी नहीं था कि एक दिन रणसिंह ने सुशीला को धींगड़ा के साथ ग़लत हालत में देख लिया। बस, फिर क्या था? रणसिंह ने उन दोनों को कुल्हाड़े से काट डाला। अब तुम भी कहोगे कि सुशीला की बदचलनी का ज्ञान तो रणसिंह को पहले भी था, फिर क्या

ये अलग बात थी, जो अब उसका पौरुष जाग गया? बेटा, कई बार आदमी सहता रहता है, सहता रहता है, परन्तु एक दिन जब पानी सिर से ऊपर हो जाता है, तो वह मजबूर हो जाता है। पहले बताई और सुनी-सुनाई बात थी। आंखों देखी मक्खी क्या निगली जाती है? बस यूं लगता है कि रणसिंह की सोई ग़ैरत जाग गई थी उस दिन। धींगड़ा तो वहीं मर गया, परन्तु सुशीला बच गई थी। रणसिंह अपने आप थाने में हाज़िर हो गया और अपना जुर्म कबूल कर लिया।

"भरतू पर तो मानो पहाड़ ही टूट पड़ा। सुशीला की लड़कियों को घर ले आया, और रणसिंह को छुड़ाने की कोशिश करने लगा। सुशीला के सिर पर चोट लगी थी। वह हस्पताल में बेहोश पड़ी थी। बेटा! एक कहावत है –

मौत, मुक़दमा, मान्दगी, मन्दा और मकान,

पांचों ये बेढब से, पत राखै भगवान।

मौत यानी बेवक़्त मृत्यु हो जाए, तो परिवार टूट जाता है। मुक़दमा चल रहा हो या फिर गहरी बीमारी हो जाए या आमदनी कम हो जाए या आदमी मकान बनाने लग जाए, तो मुसीबत में फंस जाता है। यूं समझ लें कि इन मुसीबतों से भगवान की कृपा से ही इज़्ज़त बच सकती है। इन पुरानी कहावतों में बड़ा दम होता है बेटा!

"भरतू के परिवार में तो कई व्यक्तियों की मृत्यु हो गई। मान्दगी, बीमारी, रणसिंह को शराब की लत पहले से ही थी। अब तो मुक़दमा भी लग गया। पुलिस, वकील और कचहरी के चक्कर में सेहत और पैसे का भाड़-सा भुनने लगा। उधर सुशीला अस्पताल में बेहोश पड़ी थी। वकील का कहना था कि अगर सुशीला होश में आकर रणसिंह के हक़ में बयान दे दे, तो रणसिंह बच सकता है, परन्तु सुशीला पर किसको विश्वास था? भरतू ने अपनी चार एकड़ ज़मीन और बेच दी और सुशीला के इलाज में किसी प्रकार की कमी न होने दी। दो महीने बाद सुशीला होश में आ गई, परन्तु उसको लकवा मार गया। होश में आने के बाद सुशीला को नर्सों से पता लगा कि उसके मायके से कोई नहीं आया और न ही उसकी जवानी के दीवाने यारों ने उसकी ख़बर ली।

इसके विपरीत उसका ससुर, जिसे वह हमेशा तंग किया करती, ज़लील किया करती थी, वही तो उसकी बेटियों को अपने पास रखे हुए है और वही उसके इलाज पर पैसे पानी की तरह बहा रहा है, तो पता नहीं क्या बात हुई? और भाई, इस बात का भी नहीं पता कि राम कब किसको बुद्धि दे दे। उसने मजिस्ट्रेट को जो बयान दिया, जिसके अनुसार धींगड़ा दो आदमी लेकर रणसिंह से झगड़ने आया था। जब वे तीनों मिलकर रणसिंह को मारने लगे, तो मैंने कुल्हाड़ी से धीगड़ा को मार दिया। उसके साथ आए आदमी जब रणसिंह पर गंडासे चलाने लगे, तो मैं रणसिंह के आगे आ गई और चोट खा गई। ऐसा सुनकर विश्वास तो नहीं होता सुनने वाले को कि ऐसी बदकार औरत ने यह बयान कैसे दिया? इस बात को तो बेटा! चाहे तो राम जानता है या फिर सुशीला, परन्तु इसके कारण एक बात हुई कि रणसिंह की जमानत हो गई थी। सुशीला के घाव बिगड़ गए थे। उसकी मृत्यु अस्पताल में ही हो गई थी, परन्तु एक बार मुक़दमा शुरू हो जाए, तो क्या सरलता से पीछा छूटता है? पुलिस, कोर्ट, कचहरी, वकील के धक्के खाते-खाते पांच वर्ष बीत गए। तब जाकर मुक़दमे से जान छूटी थी। अगर इसको जान छूटना कहते हैं तो?

"इन पांच वर्षों में भरतू की हालत कितनी ख़राब हो गई थी, बस, पूछो मत, रणसिंह की शराब तो छूटी नहीं, परन्तु वह अपनी मेडिकल की नौकरी में इंजैक्शन लगाना सीख गया था। इसलिए झोला-छाप डॉक्टर बन गया। भरतू जैसे खाते-पीते जमींदार का भाग्य। लखपति बना लड़का टूटी साईकिल पर इंजेक्शन लगाता फिर रहा था। अब भाई इन झोला-छाप डॉक्टरों की सुन ले। सरकार इनके पीछे तो पड़ रही है कि ये कुछ नहीं जानते, ये मरीजों का नुकसान करते हैं, परन्तु बेटा रात-बिरात तो छोड़, दिन में भी सरकारी डॉक्टर कब गांव के अस्पतालों में आते हैं। महीने में मुश्किल-से एक-दो दिन इनकी चरणधूलि पड़ती है हेल्थ-सेंटरों में। इनका अधिकतर काम तो कम्पाउडर और वो क्या कहते हैं ए.एन.एम. करती फिरती हैं। हां, कई सरकारी स्कीमों का फ़ायदा भी हुआ है बेटा! जिस तरह हवा लगने वाली बीमारी पोलियो से लूले-लंगड़े होने अब ना के बराबर हो गए और अब तो इन सरकारी नर्सों की बदौलत जच्चगी में भी जच्चा-बच्चा की मौत भी बहुत कम होने लगी।

पहले तो भाई हर मर्द की एक जोरू तो जच्चगी में ज़रूर मर जाती थी। मेरे भी तो दो विवाह हुए थे।" कहते-कहते दादा हंस पड़ा, फिर बोला, "अब इन झोलाछाप डॉक्टरों की आधी कमाई तो उधार में ही मर जाती है। यूं बता, शहरों में बिना पैसों के इलाज कौन डॉक्टर करेगा? ये तो बेचारे घर में आकर, खेत में जाकर इंजेक्शन लगा जाते हैं और वह भी उधार पर। फ़सल पर अपने पैसे ले लें और कई तो ऐसे कमीने लोग होते हैं कि उनकी उधार भी मना कर देते हैं। इन्हीं व्यक्तियों को नुगरा कहा जाता है। दादा लखमी जांटी वाले ने भी कहा है -

ले कै दे दे, कर कै खा ले,
उस तै कूण जबर हो सै,
नुगरा माणस नजर फेरज्या,
समझणिये की मर हो सै।

समझा बेटा! मेरा कहने का मतलब है कि सरकार को चाहिए कि इन झोलाछाप डॉक्टरों को बन्द करने से पहले या तो इन बड़े-बड़े डिग्रीधारी डॉक्टरों को गांव में रहने के लिए मजबूर करे और मजबूर क्या बेटे! इनका भी कसूर नहीं। गांव जहां बिजली, पानी का भरोसा नहीं, बच्चों की पढ़ाई का इन्तजाम नहीं, ये कैसे रहेंगे गांव में। मेरे खयाल से तो सरकार को एम.बी.बी.एस. से एक छोटा कोर्स बनाना चाहिए, जिससे दो-तीन साल का कोर्स किये हुए गांव के लड़के सेहत-बीमारी की समस्या से निपट सकें।"

बहुत दिन हुए मैंने अख़बार में पढ़ा था कि चीन ने नंगे पांव वाले डॉक्टर तैयार किए हैं। मैंने कहा, "दादा ये आयुर्वेद वाले डॉक्टर हैं तो?"

दादा बोला, "इनकी मत पूछ बेटा, ये तो हमारे आयुर्वेद का नाम डुबोने लग रहे हैं। सरकारी डिस्पैंसरी से तनख़्वाह लेते हैं आयुर्वेद के नाम पर और कोई मरीज आ जाए, तो कह देते हैं कि भाई सरकार तो घास-फूस देती है। इंजेक्शन लगवाना हो तो पैसे लगेंगे।"

दादा ने फिर हुक्के का कश लगाया। मैं दादा कचरू की दुनिया-जहान

की इतनी जानकारी सुनकर हैरान हो रहा था। रात आधे से अधिक बीत गई थी।

दादा बोला, “बेटा, मैं तो बूढ़ा-ठेरा हूं। कुछ काम-धन्धा, मेहनत-मज़दूरी तो करता नहीं। एक-आध पहर दिन में भी सो लेता हूं। इसलिए रात को भी नींद ऐसी ही आती है, परन्तु तू सारा दिन खेतों में घूमकर आया है, कमर सीधी कर ले। बाकी का क़िस्सा नफ़े का कल रात को सुनाऊंगा।”

मैं समझ गया कि दादा अब सोएगा। नींद मुझे भी आ रही थी, अतः सो गया। अगली रात को जब सभी लोग बैठक से चले गए तो मैं दादा की खाट पर बैठकर उसके पांव दबाने लगा। दादा बोला, “बेटे! बस, रहने दे, तेरे जैसे लाल इस कलयुग में कहां रह गए हैं, जो बड़े-बुर्जुगों की सेवा, मान-सम्मान करते हैं। शहरों की ख़बर तो रोज़ अख़बारों में पढ़ते हैं कि बच्चे अपने बूढे मां-बाप को वृद्ध आश्रम में डाल आते हैं। गांव में तो कुछ फ़र्क़ है। अगर यही हालत बरकरार रही तो यहां भी यही चलन शुरू हो जाएगा। जब आदमी के ऊपर से समाज का दबाव हट जाता है, तो घर-परिवार टूटने-बिखरने लग जाते हैं। नए ज़माने के लोग दहेज-बारात आदि सारे रिवाजों को ग़लत ठहराते हैं। बेटा, ये बात नहीं है और मैंने कभी पढ़ा था कि समाज के क़ानून देश, काल और हालात के अनुसार ही होते हैं और जो रीति-रिवाज इन तीनों बातों पर खरे उतरते हैं, वे चलते रहते हैं। बाकी पुरानी छप्पर की तरह टूट जाते हैं। जिस तरह पुरानी छप्पर हटाकर नई छप्पर डाल दी जाती है, ठीक इसी तरह समाज में नए क़ानून बन जाते हैं। आज से पचास वर्ष पहले पंडित, बनिए और ठाकुरों में विधवा के विवाह की बात सुनी थी किसी ने? लेकिन वक़्त की ज़रूरत के मुताबिक अब तो इनमें भी इसका चलन हो गया। टूट गया कि नहीं, सदियों से बना क़ानून? ठीक यही बात दहेज और बारात की है। दहेज और बारात क्या है भाई! हमारे पुरखों ने तो सारे सामाजिक रीति-रिवाज बड़े सोच-समझकर बनाए थे। जन्म से लेकर मरने तक, सुनेगा?” दादा ने पूछा, मुझे लगा कि आज तो दादा के अनुभव का ख़ज़ाना खुलने वाला है। भर लूं झोली। मैं बोला, “हां दादा, क्यों नहीं सुनूंगा? ज़रूर सुनूंगा।”

“तो बेटा, इतना ज़ोर न लगा पैर दबाने में, ये हड्डियां बहुत पुरानी

हो चुकी हैं, कोई न कोई टूट जाएगी," दादा हंसकर बोला। "ले बेटा, सुन तेरे जैसा सुनने वाला भी भाग्य वाले को मिलता है। तो मैं कह रहा था कि समाज के रीति-रिवाज देश काल और हालात के अनुसार बनते और टूटते हैं। मैं तो बेटा, आज से नब्बे-बानवें वर्ष पहले इस हरियाणा में पैदा हुआ और हिन्दू परिवार में। इसलिए यहीं की बात बता सकता हूं। जो कुछ अपनी ज़िन्दगी में देखा, पढ़ा-सुना है।

"बेटा, पहले जन्म की बात को ही ले लो। हमारे इलाक़े में बच्चे का जन्म होते ही जच्चा और बच्चे को स्यावड़ में रखते हैं, स्यावड़ यानी कि चालीस दिन तक जच्चा-बच्चा को सिर्फ़ दाई, नाइन और एक-आध बूढ़ी, सयानी, समझदार औरत की देख-रेख में रहना होता था। आजकल की तरह बच्चे, जवान-बूढ़े नवजात को चूमते नहीं फिरते थे और अब तो विज्ञान भी मानता है कि चालीस दिन तक नवजात शिशु में बीमारियों से लड़ने की ताक़त न के बराबर होती है। उसको कम-से-कम लोगों के सम्पर्क में आना चाहिए।

"जच्चा को भी पौष्टिक भोजन, मालिश और कसरत नाइन करवाती थी। जच्चा के खाने मे जीरा, अजवायन भी दवाइयों का काम करती हैं। जीरे से दूध अधिक उतरता है। और अजवायन बच्चेदानी को सिकुड़ने में सहायता करती है।

"छठी पर्व पर बूढ़ी-सयानी, समझदार औरत बच्चे की जांच करती थी कि कोई विकृति या बीमारी तो नहीं है। अगर कोई गड़बड़ पाई जाती तो वैद्य को बुलाया जाता था।

"जन्म-मरण के बीच और भी बहुत बातें होती हैं। पहले मृत्यु सम्बन्धित बात बता दूं तुम्हें। भाई, हिन्दुओं में मुर्दे को जलाते हैं और तुम जानते हो कि ये तरीक़ा सबसे अधिक वैज्ञानिक होता है। दूसरे समाजों में मुर्दे को दफन करते हैं। मैं ये नहीं कहता कि वे ग़लत करते हैं, परन्तु भाई मुर्दा धरती में सड़ता-ग़लता है और यह भी पाया गया है कि कब्रिस्तान की देखभाल करने वालों में टी.बी. की बीमारी अधिक पाई जाती है। बहुत दिनों पहले अख़बार में किसी शायर की लिखी पंक्तियां पढ़ी थीं –

इन्सां की ख़्वाहिशों की कोई इन्तिहा ही नहीं
दो गज जमीं भी चाहिए, दो गज कफ़न के बाद,

भाई, हमारे समाज में राजा और रंक एक हैं। एक जगह फूंके जाते हैं। है ना सच्चा समाजवाद? कोई दो गंज ज़मीन नहीं क़ब्ज़ाता। मुर्दे को जलाकर समाज हाथ नहीं झाड़ लेता। तेरह दिन तक शोक मनाया जाता है, जिससे सारे यारे-प्यारे रिश्तेदार आकर, बैठकर, बोल-बतियाकर मरने वाले के परिवार का ग़म हल्का कर देते हैं। कई और बातें भी जुड़ी हैं जैसे सूरज छिपने के बाद कोई शोक पर नहीं जाएगा। भाई! सारा दिन रो-धोकर परिवार खाना खाए, आराम करे और कोई बेवक़ूफ़ तब आकर खलल डाल दे तो? और यही बात शनिवार को नहीं जाने पर लागू होती है कि एक दिन तो शोकग्रस्त परिवार घर की ज़रूरतें पूरी कर सके। तेरहवीं पर रस्म पगड़ी होती है। सामाजिक मान्यता देने के लिए अब परिवार को कौन संभालेगा? किसको बड़ा माना जाएगा? इस बात पर रिश्तेदार, परिवार वाले, यार-दोस्त आर्थिक सहायता भी देते हैं। अमीर-ग़रीब सभी में रिवाज है। इससे ग़रीब सहायता लेकर हीनता महसूस नहीं करता और अब तो कुछ कम हो गया। पहले तो वर्ष-भर तक हर महीने शोक होता था। फिर बरसी और अन्त में चौबरसी यानी चौथे वर्ष तक समाज के लोग शोक मनाने के लिए इकट्ठे होते थे। इसके पीछे भी यही कारण था कि मरने वाले के बीवी-बच्चों का ख़याल रखा जाता है या नहीं? ना करने वाले रिश्तेदारों को भी समाज के दबाव में बच्चों का ख़याल रखना पड़ता था।

"अब शादी-विवाह की बात सुन! हमारे समाज में शादी को जन्म-जन्म का बन्धन माना जाता था तथा औरत-मर्द का ही नहीं पूरे घर-परिवार का सम्बन्ध बनता था। बाराती गुलछर्रे उड़ाने नहीं जाते थे, वे पंचायती होते थे। शादी के गवाह-साक्षी होते थे। अगर किसी का झगड़ा पड़ जाता तो दोनों तरफ़ के लोग पंचायत बैठाकर फ़ैसला करते थे। दूसरा कारण बारात ले जाने का था कि दहेज में दिया सामान कोई लूट न ले। इतने आदमी साथ होने पर किसकी हिम्मत पड़ती थी?

"बेटा, ये कन्यादान न्योता-निधारी, आमन्त्रण भी बड़ी गुण की बात थी। तब बैंक तो थे नहीं, कि विवाह-शादी के लिए पैसा जमा करा देते। हमारे समाज में तो यही कोऑपरेटिव बैंक था। कन्यादान से विवाह के समय सहायता मिल जाती थी।

"और सुन! फेरे लेते समय वर-वधू को कसम दिलाई जाती थी। वर कसम लेता था कि मकान बनाते समय, नया व्यापार करते समय, दान-पुण्य करते समय, यहां तक मित्र बनाते समय पत्नी की सहमति लेगा। वधू भी कसम लेती थी कि वह घर-परिवार को मेल-मिलाप से रखेगी। सास-ससुर को मां-बाप, देवर-ननद को अपने छोटे भाई-बहन जैसा मानेगी और परिवार की मर्यादा-लाज को निभाएगी। सबको खिलाकर खाएगी। पति-पत्नी वफ़ादारी की कसम भी लेते थे जिसके कारण आजकल की एड्स जैसी बीमारी होने का ख़तरा नहीं रहता था।

"खान-पान की प्रथा यूं थी। बेटा, हमारे समाज में खान-पान की चीज़ों पर विशेष ध्यान रखा जाता था। हर मौसम का खाना मौसम के अनुसार था। गर्मी में दही, लस्सी, राबड़ी, आम का पना, सत्तू, शिंकजी का सेवन होता था। इनका सेवन करने से लू से बचाव रहता था और क्या कहते है, हां, फूड पॉइजनिंग से बचाव रहता था। तुम्हारा जीवन-रक्षक घोल क्या है? हमारे चावल का मांड ही तो है और क्या? जो हैजे जैसी बीमारी में काम आता है।

"बरसात में सूर्यास्त से पहले खाना खाने की रीति थी, नियम था। इससे कीट-पतंगों का खाने में गिरने का डर नहीं रहता था और तली हुई चीज़ पूड़े, गुलगुले पकौड़े, बेसन के चिल्ले, जो जल्दी ख़राब नहीं होते खाने का रिवाज था। दही, लस्सी खाने-पीने की मनाही थी, क्योंकि उनमें खमीर उठ जाता था।

"सर्दी में खोए के लड्डू, आटे के लड्डू और बाजरे की खिचड़ी। बाजरे की खिचड़ी गोजी (लस्सी और दूध का मिश्रण, जिसमें लस्सी की मात्रा अधिक और दूध की मात्रा कम होती है) के साथ खाकर अगर खेत में रात को पानी देने भी चले जाते तो सर्दी नहीं लगती थी।

“विवाह-शादी और दूसरे अनुष्ठानों में खान-पान में विशेष ध्यान रखा जाता था। ढाक के पत्ते की पत्तल, मिट्टी के पकाए सकोरे, इनमें खाया और फिर गड्ढा खोदकर दबा दिए, खाद बन गई। आज तुम्हारे प्लास्टिक के गिलास में, क्रॉकरी में वह सफ़ाई है क्या? और इस अवसर पर सिर्फ़ धोती बांधकर एक वस्त्र में कोठारी सारे खाने की देखभाल करता था। खाना खिलाने वाले भी घर-परिवार के सदस्य होते थे। आज की तरह दिहाड़ी के बैरे नहीं होते थे, जो झूठन फैलाते फिरते हैं और बीमारी फैलाते हैं, क्यों ठीक कहा कि नहीं?

“बेटा, हमारी कई सीधी-सरल बातों का लोग मज़ाक़ उड़ाते हैं। जैसे मंगलवार को बाल कटवाने पर हनुमान जी नाराज़ हो जाएंगे। शनिवार को लोहार काम करेगा तो शनि देवता नाराज़ होंगे। इन बातों के पीछे बड़ी गहरी सोच थी हमारे पुरखों की। इस तरह मंगलवार को नाई को छुट्टी मिल जाती थी, शनिवार को लोहार को। इस दिन वे अपने घर के काम निपटा लेते थे, आराम कर लेते थे। आज की तरह रविवार की छुट्टी करो और बिजली, टेलिफ़ोन के बिल भरने के लिए दफ़्तरों से फरलो-छुट्टी मारो।

“पूरणमासी और अमावस्या को दूध नहीं जमाया जाता था। कढ़ावणी और बिलौणी को धोकर धूप में सुखाते थे। इससे उनके कीटाणु मर जाते थे और बच्चों को खीर खाने को मिल जाती थी। और सुन, चेचक, खसरे, खेलनी-मेलनी माता की बीमारी में यूं कहते थे कि बीमार बालक को घर से बाहर नहीं निकालना, हवा लग जाएगी। यह इसलिए कहते थे कि बीमारी न फैले। अगर यह बता दिया जाए कि बच्चे का तो कुछ नहीं बिगड़ेगा, वह औरों के बच्चों को बीमार ज़रूर कर देगा, तो कोई नालायक स्त्री अपने बच्चे को जान-बूझकर अपने देवर-जेठ या पड़ोसी के घर ले जाकर उनके बच्चों को भी बीमार कर देगी। ये सारी वर्जनाएं समाज के भले के लिए थीं। कहते भी हैं कि भय बिन होय न प्रीति। भय के बिना कौन निभाता इन नियमों को बेटा।

“हमारे ज्ञानी, ऋषि-मुनियों ने, तीर्थस्थान मेले और कुम्भ के पर्व बनाए थे। तुम्हारे आज के व्यापार मेले या ट्रेड फेयर से पहले की सोच थी। इन मेलों

और कुम्भों पर उत्तर-दक्षिण, पूर्व-पश्चिम से लोग आते थे। सभी जात-बिरादरी की अलग-अलग धर्मशालाएं होती थीं, जैसे जाटों की अलग, कुम्हारों की अलग, तरखानों की अलग। एक बिरादरी के लोग इकट्ठे हो जाते थे, जैसे कुम्भ पर बारह वर्ष में, अर्धकुम्भ पर छठे साल। तो जो प्रगति इन वर्षों में उत्तर में हुई, वे इसे दूसरी तरफ़ से आए लोगों को सिखा देते थे और उनका ज्ञान खुद सीख लेते। औजार बनाए होते तो उनका आदान-प्रदान हो जाता। शादी-विवाह तय कर लेते। और बेटा, हर समाज में कुछ बुरे तत्व भी होते हैं। उनसे छुटकारा पाने का तरीक़ा भी हमारे पुरखों ने ढूंढ़ लिया था। इन दुर्गुणी व्यक्तियों की पहचान करके उनको अघोरी-वामपन्थी करार दे दिया गया था। ये लोग काम करने वाले तो थे नहीं, नशेड़ी होते थे। उनको दान देना पुण्य बना दिया। न छीना-झपटी हुई और कुछ दान देकर हम असामाजिक तत्वों को, जो सुधर नहीं सकते थे, काबू कर लेते थे कि तुम अपनी साधना जंगलों में करो जिससे समाज में बुराई न फैलने पाए। इससे आज की छीना-छपटी, अपहरण आदि वारदातें नहीं होती थीं।

"मैने सुना है कि आर्य जाति मध्य एशिया से चली थी, एक पश्चिम में गए, एक पूर्व में। हम पूर्व-वालों के वंशज हैं, यह बात मुझे ठीक लगती है। बोल चाल के पुराने शब्द भी इस बात की गवाही देते हैं :-

संस्कृत	अरबी	लैटिन
पितृ	पिदर	फादर
मातृ	मादर	मदर
भ्रातृ	बिरादर	ब्रदर
दुहितृ	दुख़्तर	डॉटर

"केवल इतना ही नहीं तीज-त्यौहार भी साथ-साथ चलते हैं। जन्मदिन पर हम दीया जलाते हैं, पश्चिम-वाले बुझाते हैं। वहां सर्दी होती है, इसलिए मोमबत्ती बचाकर रखनी पड़ती है। यूं भी दीया जलाना प्रकाश फैलाना है, बुझाना पिछली बात, पिछले ग़म भूलना है। होली, बसन्तोत्सव हमारे यहां

रंग-गुलाल का त्योहार है। केबल टी.वी. पर देखा कि यूरोप में टमाटर मारकर होली खेलते हैं। क्या कहते है उसको हां, टौमेटीनो।

“और भाई, हम सक्रान्त को रूठे हुओं को मनाते हैं और ये, क्या कहते हैं, ‘वेलनटाइन डे’ मनाते हैं।

“दीवाली-क्रिसमिस दोनों जगह रोशनी का त्योहार है। हमारे त्योहार पश्चिम से कुछ पहले आते हैं लेकिन होते हैं उसी मौसम में।

“अब तुम्हें आखिरी और सबसे ज़रूरी बात भी बता दूं। हमारे पुरखों ने जीवन को चार भागों में बांटा था – ब्रह्मचर्य, गृहस्थ, वानप्रस्थ, संन्यास। पच्चीस वर्ष तक की अवस्था ब्रह्मचर्य कहलाती है। इसमें बच्चों को शिक्षा के लिए गुरुकुल में भेजते थे। अमीर-ग़रीब, राजा-रंक सबके बच्चे इकट्ठे शिक्षा ग्रहण करते थे। वहां गुरु बच्चे के रूप, गुण, स्वभाव, शारीरिक ताक़त तथा बुद्धि के अनुसार यह तय करते थे कि इसको क्या सिखाया जाए, बड़ा होकर यह क्या बन सकता है? आजकल वाली धौंस नहीं चलती थी कि अमीर बाप डोनेशन देकर नालायक बच्चे को डॉक्टर-इंजीनियर बनवा दे।

“गुरुकुल में सभी बच्चे बिना भेदभाव के गुरु की सेवा करते और शिक्षा ग्रहण करते थे। अगर ऐसा नहीं होता तो क्या कृष्ण-सुदामा एक जगह पढ़ सकते थे। कृष्ण तो जाता दून पब्लिक स्कूल में और सुदामा या तो अनपढ़ रहता या टाट पर बैठकर सरकारी स्कूल में अध्यापकों से कान खिंचवाता।

“पच्चीस वर्ष तक जवान अपने काम में कुशलता प्राप्त करके समझदार होकर घर बसा लेता था। बाल-विवाह की कुरीति तो देश के गुलाम होने के बाद शुरू हुई है। और बेटा, दहेज उस समय बुरी बात न होकर, बेटी को पिता की सम्पत्ति में से दिया गया हक़ होता था। यह सगाई-विवाह, गौना-मुकलावा, छुछक, राखी, संक्रान्ति, तीज, भात, बड़-भात आदि के रूप में किश्तों में दिया जाता था।

“विवाह समाज जारी रखने के लिए, सन्तान-उत्पत्ति के लिए किया जाता था। बड़े नियम-धर्म थे इनके भी। आज की तरह विवाहित और कुंआरे ईलू-ईलू करते नहीं फिरते थे।

"जब आदमी पचास-पचपन वर्ष का हो जाता था और उसके बच्चे पच्चीस-तीस वर्ष के हो जाते थे तो अपनी इच्छानुसार बच्चों को काम संभलवाना शुरू कर देता था और स्वयं बस मार्गदर्शक का काम संभाल लेता था। उसकी देख-रेख में बच्चे अपने काम को सही तरीक़े से करना सीख लेते थे। ठीक यही काम सास-बहुओं को घर संभलवाकर करती थी। आजकल की तरह बूढ़े धन-सम्पत्ति से चिपटकर नहीं रहते थे। सम्पत्ति तो एक पीढ़ी से दूसरी को ही मिलनी है। सुख से चली जाए तो अच्छी बात है। बस, यही वानप्रस्थ होता था।

"बेटा, जब आदमी सन्तुष्ट हो जाता था कि उसकी अगली पीढ़ी ने काम संभाल लिया तो वह अपनी इच्छा से घर-बस्ती त्याग कर वन में बने आश्रम में चला जाता था। यह संसार का नहीं, मोह का त्याग था। वहां आश्रम में वह अपना ज्ञान गुरुकुल में पढ़ने-सीखने आए दूसरे बच्चों में बांटता था। वाणी और बुद्धि के वरदान का सदुपयोग करता हुआ वह सहर्ष मृत्यु का वरण करता था।

"एक और बात बताऊं? आज पर्यावरण का बहुत झमेला है। हमारे समाज ने पर्यावरण को समझा ही नहीं है, बल्कि अनूठा प्रयोग भी किया धर्म के साथ मिलाकर। हम तो तुलसी, नीम, पीपल, बड़, आम, धतूरा और खेजड़ी तक की पूजा करते हैं, क्योंकि ये हमें लाभ देते हैं। पहले यह रिवाज था कि जिस पेड़ की लकड़ी काटनी होती, पहले उसकी पूजा करो, फिर हाथ जोड़कर माफ़ी मांगते हुए, सिर्फ़ ज़रूरत के मुताबिक लकड़ी काटकर ले आओ। चूहे को गणेश की सवारी, नन्दी को शिवजी की, शेर को देवी की, सांप को विष्णु की और गाय को माता मानकर पूजने वाले, भला पर्यावरण को ख़राब क्यों करते। बेटा! बड़े अच्छे नियम थे हमारे समाज के, हम उनको भूल गए इसलिए पछता रहे हैं। जन्म-मरण पुनर्जन्म के सिद्धान्त को मानने वाला जानता है कि उसे दोबारा यहीं आना है, अतः वह प्रकृति का सम्मान करता है, उसे नष्ट नहीं करता। उस दिन स्कूल में वार्षिक जलसे में एक बच्चे ने बड़ी अच्छी कविता सुनाई थी। मुझे तो उसी समय याद हो गई थी –

कट गए पेड़, परदेसिन भई छांव रे।
फैल गए शहर सिमिट गए गांव रे।

दादा कविता सुनाते-सुनाते खर्राटे भरने लगा और मैं बहुत देर जागते हुए सोचता रहा कि इन अनुभवी बूढ़ों को नकारकर हमारी पीढ़ी अपना कितना बड़ा नुकसान कर रही है। फिर मुझे भी कब नींद आ गई पता नहीं लगा। तब तक सोता रहा जब तक सूरज ने आसमान पर आकर नहीं जगाया। दादा के पलंग की तरफ़ देखा तो पाया कि वह सुबह की सैर के लिए जा चुका था।

अगले दिन लगभग दस बजे मेरी मां भी गांव से आ गई थी। खेत बंटवारे पर देने थे और खेत क्योंकि मां के नाम थे इसलिए सरकारी काग़ज़ों पर दस्तख़त करवाने थे। हम दोनों तहसील में आ गए थे। तहसीलदार आज भी हमेशा की तरह गायब था। जो काम पांच मिनट में निपटने का होता है, उसको पहले तो पटवारी महीना लगाकर हथेली गरम करवाकर ही पूरा करता है। फिर तहसीलदार के दस्तख़तों के लिए तहसील में धक्के खाओ। जिस काम के लिए पटवारी, तहसीलदार और सरकारी अमले को तनख़्वाह मिलती है, ये लोग जितने रोड़े अटकाते हैं उससे तो ऐसा लगता है जैसे इन्हें तनख़्वाह सिर्फ़ रोड़े अटकाने की ही मिलती है। और काम करवाने के लिए तो सुविधा शुल्क देना पड़ता है। सुविधा शुल्क रिश्वत का ही तो दूसरा नाम है। जिस धड़ल्ले से और खुल्लम-खुल्ला यह सब होता है, सुविधा शुल्क को रिश्वत कहना ग़लत होगा।

हम मां-बेटा तहसीलदार के इन्तज़ार में राजबीर अर्जीनवीस के खोखे पर बैठे थे। राजबीर भी मेरी मां के गांव का था। उसने हमारे लिए चाय मंगवा दी और हम खोखे के बाहर नीम के नीचे पड़ी बैंच पर बैठ गए। राजबीर बैठा हुक्का पी रहा था और दो-तीन जवान लड़के खोखे में कम्प्यूटरों पर फटाफट दस्तावेज टाईप करने में लगे हुऐ थे। मैं वहां बैठा तहसील की राम कहानी देख रहा था।

तीन-चार आदमी राजबीर के पास आकर बैठ गए। कहने लगे, "चौधरी साहब, एक मुख़्तयारनामा बनवाना है।"

"किसका?"

"इसका, जिले सिंह का।"

"किसके नाम?"

"मेरे नाम"

"ये तुम्हारा क्या लगता है?"

"कुछ नहीं। असल में इससे एक प्लाट का सौदा किया है। पेमेंट करनी है। रजिस्ट्री अभी नहीं करवानी, बेच देंगे। इसलिए रजिस्ट्री का ख़र्च नहीं करना चाहते।" वह आदमी कहने लगा।

"परन्तु सरकारी आदेश नहीं है। केवल ख़ून के रिश्ते वाले का मुख़्तयारनामा बन सकता है। जैसे सगा भाई, बहन, मां-बाप, बेटा-बेटी बस। ये नहीं बन सकता।" राजबीर बोला।

"परन्तु चौधरी, तू तो सारे काम करवा दिया करता?"

"अब नहीं हो सकता है।"

"कुछ पूजा-पाठ, मेरा मतलब कुछ ले-देकर नहीं हो जाएगा," उस आदमी ने बेचारगी से कहा।

"तू बैठ मैं नाजर से पूछकर आता हूं, अगर कुछ कर सका तो!" राजबीर यह कहकर उठकर चला गया।

दस मिनट बाद आकर बोला, "प्लाट कहां है, और कितना बड़ा है?"

"डी.एल.एफ कालोनी में पांच सौ गज का है।"

"पांच हज़ार रुपये लगेंगे।" राजबीर ने कहा।

उस आदमी ने थोड़ा सोचा, फिर कहा, "कुछ कम नहीं हो सकता क्या?"

राजबीर बोला, "मैं इसलिए ही मना कर रहा था कि तुम्हारा काम नहीं

हो सकता। डेढ़ लाख रुपये बचाएगा रजिस्ट्री के और पांच हज़ार के लिए रो रहा है।"

"चौधरी साहब आप तो नाराज़ हो गए। हम तो पुराने ग्राहक हैं। लो, पकड़ो पांच हज़ार। जल्दी काम करवा दो।" वह आदमी लल्लो-चप्पो करने लगा।

राजबीर ने पांच हज़ार की गड्डी तो अपने कुर्ते की जेब में डाल ली और कागज़ टाइप करने वाले लड़के से कहा, "इनका मुख़्तयारनामा टाइप कर दे भाई।" और हुक्के के कश लगाने लगा।

वे तीनों आदमी टाइप करने वाले लड़के के पास जा बैठे। मैं राजबीर के पास आकर बोला, "मामा! (वह मेरी मां के गांव का है, इसलिए मामा लगता है।) यह क्या गोरख धन्धा है। पहले तो तुमने मना कर दिया, फिर काम करने की हां कर ली।"

वह कहने लगा, "बेटा! ये प्रोपर्टी डीलर है। प्लाट-मकान स्वयं ख़रीद लेता है और फिर बेच देता है। रजिस्ट्री के पैसे बचाने के लिए पावर ऑफ़ अटार्नी करवा लेता है। यूं तो सरकार ने यह काम मना कर रखे हैं। ऐसे केसों में अब हम लिख देंगे कि यह मेरा मामाजाद भाई है और नम्बरदार इसकी शिनाख़्त कर देगा। तहसील वालों की जेब गरम हो जाएगी।"

"परन्तु नम्बरदार झूठी शिनाख़्त क्यों करेगा?" मैंने पूछा।

राजबीर मामा हंसकर बोला, "सौ रुपये करवाएंगे शिनाख़्त, उस मुच्छल को देख जो बीड़ी पी रहा है। सुबह आकर बैठ जाता है दारू पीकर। सौ रुपये देकर किसी भी चीज़ पर अंगूठा लगवा लूं उससे।"

इतनी देर में कुछ देर पहले आए आदमी के कागज़ात तैयार हो गए। राजबीर ने रजिस्टर में चढ़ाए। दोनों तरफ़ के अंगूठे लगवाकर आवाज़ दी, "नम्बरदार!"

मुच्छल उठकर आ गया। उसने अपना बायां अंगूठा आगे किया। वह स्याही लगने के कारण पहले से ही काला था। राजबीर ने स्टाम्प पैड पर

अंगूठा रगड़ा फिर एक जगह रजिस्टर पर तथा दो जगह उन सरकारी कागज़ों पर उसके अंगूठे लगवा दिए। फिर उन आदमियों को कहा, "नम्बरदार को सौ रुपये दे दो।"

मैं हैरान था कि नम्बरदार ने यह भी नहीं पूछा कि किस चीज़ पर अंगूठा लगवाया है। यह झमेला तो मेरी समझ से बाहर था। राजबीर मामा ने ख़बर दी कि तहसीलदार लंच के बाद साढ़े तीन बजे आएगा। उसके रिश्तेदार आए हुए हैं। तहसील में मेले जैसा माहौल था और हाकिम गायब।

मां रोटी बांधकर लाई थी। मैंने कहा, "चल मां, सामने पार्क में बैठकर खाना खा लें। खाना खाकर हम पार्क की घास पर लेट गए। वहां हमारे जैसे बहुत-से गरजमन्द लोग तहसीलदार के इन्तज़ार में बैठे थे। मैं सोचने लगा कि इसी को रेड टेपिज्म कहते हैं। एक व्यक्ति के ग़ैर-हाजिर होने के कारण कितने लोग दुखी हो रहे हैं और कितना नुकसान हो रहा था। ज़मीन पर मुक़दमे के दौरान भी धक्के-पर-धक्के खाकर यही हालात देखे थे। कई लोग तो न्याय पाने का इन्तज़ार करते-करते बूढ़े होकर मर-खप जाते हैं परन्तु फ़ैसला नहीं होता। बस तारीख़ पर तारीख़ ही मिलती रहती है।

फिर मेरा ध्यान गया कि मां भी नफ़े के बारे में ज़रूर कुछ जानती होगी, मां भी तो उसी मुहल्ले की है और उसकी उम्र भी रणसिंह की उम्र के आस-पास की होगी। मैंने मां से पूछा, "मां डॉ. अड़िया पागल का क्या झगड़ा है?"

मां उठकर बैठ गई। बोली, "बेटा, सब होनी के करतब हैं। ताऊ भरतू जैसा आदमी ढूंढ़ने पर भी न मिले और ऐसी ही हमारी ताई धांपा थी। बड़ी अच्छी औरत थी परन्तु आम के पेड़ पर कीकर उग गई बेटा! पढ़ाई करते समय तो रघुबीर और रणसिंह भी अच्छे बच्चे थे। फिर पता नहीं क्या हुआ? मैं तो विवाह के बाद बहुत कम, कभी-कभी आती थी परन्तु उनकी बातें तो सुनती ही थी।"

मैंने पूछा, "मां, रणसिंह और रघुबीर की पत्नी कैसी औरतें थीं?"

मां बोली, "बेटा! सरला रणसिंह की घरवाली तो बड़ी सीधी-सरल औरत थी परन्तु रघुबीर की बहू सुशीला तो पूरी नटणी-कुटणी थी। एक बार जब मैं पीहर आई थी रुकने के लिए दो महीने, तब तेरी नानी बीमार थी। तब देखे थे मैंने उसके लच्छन। मां को पीलिया हो गया था। छारा वाले तालाब में नहलाकर लाए थे परन्तु मां पर कोई असर न पड़ा। डॉक्टरों ने भी जवाब दे दिया था।

"बिरखे को तू जानता है न! वही हमारा पडोसी और परिवार में दूर का भाई जिसने हमारे हक़ में गवाही दी थी मुक़दमे में। कुछ याद आया? एक दिन बिरखे की पत्नी बोली, "सुन ननद, बुरा तो मानना मत। तेरा पिता तो आर्य समाजी है। वह इन बातों को नहीं मानता परन्तु रघुबीर की पत्नी के अन्दर देवी आती है और वह मंगल के दिन झाड़ा लगाती है बीमारों को। अगर तुम कहो तो पीतस को वहां ले चलें लेकिन ध्यान रखना कि ताऊ को इस बात का पता न लगे, नहीं तो मरण हो जाएगा।

"बेटा! मैंने भी गुरुकुल में शिक्षा ग्रहण की है। इन आडम्बरों को नहीं मानती परन्तु मां की हालत देखकर सोचा, चलो आज़माने में क्या हर्ज है? क्या पता कुछ सुधार हो जाए। इसलिए एक दिन जब मेरे पिताजी खेत में गए हुए थे तो हम दोनों मां का हाथ पकड़कर उसको रघुबीर के घर ले गए।

"वहां जाकर देखा कि कमरे में धूणी जल रही थी और धुएं से सारा कमरा भर गया था। अन्दर घुसते ही एक बार ज़ोर की खांसी उठी। आंखों में पानी आ गया। मुश्किल-से एक तरफ़ कोने में जाकर बैठ गई। बिरखे की पत्नी ने हाथ जोड़कर कहा "जय देवी माता" मैंने भी कह दिया। मैंने देखा कि धूणी के पास लाल चोगे में एक औरत बैठी थी। देखने में तो शक्ल-सूरत ठीक थी परन्तु आंखें लाल थीं और विकराल नज़र आ रही थी। एक तो कमरे में धुएं की धुंध थी, दूसरा लोग ताली बजाकर, झांझर बजाकर 'जय देवी की, जय देवी की' कह रहे थे। वह चुपचाप बैठी थी। पट्ठी की पलक भी देर से ही झपकती थी। फिर वह आहिस्ता-आहिस्ता हूं, हूं करने लगी और अपना सिर हिलाने लगी। उसकी आवाज़ तेज़ हो गई। साथ ही साथ उसका शरीर भी

बुरी तरह हिलने लगा। जैसे आंधी-तूफ़ान में कोई कपड़ा हिलता हो। आदमी और औरतें पन्द्रह-सोलह होंगे कमरे में। सभी देहाती थे। कुछ गांव के, कुछ बाहर के लगते थे। ज़ोर-ज़ोर से जय देवी की, जय देवी की कर रहे थे। एक जवान बाबा वहां बैठा था। बोला अब इस पर देवी आने वाली है। अगर कोई नास्तिक यहां बैठा हो तो वह बाहर चला जाए, वरना उसे होने वाले नुकसान की ज़िम्मेवारी उसकी होगी। रघुबीर की पत्नी सुशीला की आवाज़ चीख़ जैसी तेज़ हो गई और उसका स्वरूप भूतनी के जैसा। अकेला आदमी तो देखकर डर जाता। वह बाबा आरती की थाली लेकर उसकी आरती करने लगा। जब आरती ख़त्म हुई तो सुशीला का हिलना भी रुक गया और आवाज़ भी।

"बाबा बोला, 'भगतो! बारी-बारी आओ और अपनी मन्नत मांगो। देवी सब इच्छा पूरी करेगी।'

"सबसे पहले एक तेरह-चौदह वर्ष की लड़की को लेकर उसके मां-बाप आगे आए। बोले, देवी मां यह लड़की रात को सोते-सोते पलंग से ऊपर अधर में उठ जाती है, जैसे हवा में लटकती हो। बेचारी को कुछ नहीं पता कि उसके साथ क्या हो रहा है। जब ठीक हो जाती तो दो-तीन घंटे के बाद तो बताती है कि पता नहीं कौन है, बिल्कुल सफ़ेद कपड़े पहनकर आता है। मेरे साथ ही सोता है और वही मुझे ऊपर उठा देता है। सुशीला बोली, 'इस पर प्रेत का साया है, जो इसकी सुन्दरता पर मोहित हो गया है। उससे पीछा छुड़ाने के लिए तो अमावस की रात को श्मशान की पूजा करनी पड़ेगी। क्यों बाबाजी निकाल देगा या नहीं इस अड़ियल प्रेत को।' सुशीला ने जवान बाबा को कहा।

"जो माता का हुक्म! तुम्हारे प्रताप से सब-कुछ हो जाएगा।" ऐसा कहते ही वह लड़की मर्दानी आवाज़ में बोलने लगी, "मैं अड़ियल प्रेत हूं जो मुझे हाथ लगाएगा मैं उसको भी प्रेत बना दूंगा। क्या समझते हो तुम?" सुशीला ने धूणी से चिमटा निकालकर उसके हाथ पर दे मारा। गरम चिमटा लगते ही लड़की पहले चीख़ी फिर चुप हो गई। सुशीला ने धूणी से राख निकालकर लड़की की मां के हाथ पर रख दी और कहा, "एक चुटकी सुबह शाम को गंगाजल में

घोलकर पिला देना इसको और अमावस की रात को ग्यारह बजे लाल जोड़ा और गहने पहनाकर इसको श्मशान में ले जाना, इलाज हो जाएगा।" वे दोनों मां-बेटी पूजा की थाली में बीस रुपये रखकर माथा टेककर चले गए।

"फिर एक दस-बारह साल के लड़के को लेकर उसकी मां आगे आई। बोली 'हे देवी माता! इसको मिरगी के दौरे आते हैं। इसका भी इलाज करो।'

"सुशीला बोली 'इस नालायक ने देवी मां के स्थान पर थूक दिया, अब भोग रहा है।'

"बाबा बोला, 'माता दया करो बच्चे पर, इसे माफ़ कर दो।' सुशीला कुछ देर बड़बड़ाती रही मानों कोई मन्त्र पढ़ रही हो परन्तु हमारी समझ में कुछ नहीं आया फिर। धूणी की राख देकर कहा, 'इसे पन्द्रह दिन गौमूत्र पिलाओ और देवी के स्थान पर नौंवीं वाले दिन प्रसाद चढ़ा देना।' वे भी कुछ रुपये थाली में चढ़ाकर माथा टेककर चले गये।

"फिर बिरखे की पत्नी और मैं मां को लेकर आगे गए। सुशीला बोली, 'किसी पड़ोसी ने चौराहे पर टूणा कर रखा था। यह औरत उसको लांघ गई। इसलिए इसको पीलिया हो गया।' फिर धूणी की राख देकर बोली, 'इस प्रसाद को शहद के साथ दिन में तीन बार चटा देना और तीन रात को चौराहे पर कड़वे तेल का दीया जला देना। ठीक हो जाएगी।'"

अभी मां की बात पूरी भी नहीं हुई थी कि राजबीर का भेजा हुआ लड़का आकर बोला, "चलो! तहसीलदार आ चुका है।"

हम तहसीलदार के कमरे में पहुंच गए। कमरा ठसम-ठस भरा था। तहस. ीलदार का नाजिर एक-एक नाम पुकार रहा था। जब वे लोग, जिनका नाम पुकारा जा रहा था, हाजिर हो जाते तो तहसीलदार पूछ लेता, "रामसिंह कौन है? भरतो कौन है? कितनी धरती बेची? कितने की बेची? पैसे मिल गए? ठीक है जाओ। दस्तख़त जो तहसीलदार के सामने होने चाहिए दस्तूरन-क़ानूनन पहले ही रजिस्ट्री क्लर्क ने करवा लिये थे और सुविधा शुल्क लेकर कोड बना दिया था।

एक अड़ियल आदमी था। उसने सुविधा शुल्क नहीं दिया। वह स्वयं को स्वतन्त्रता सेनानी कह रहा था। जब उसका नम्बर आया तो तहसीलदार ने पूछा, "करतार सिंह।"

वह बोला, "हाजिर जनाब।"

"मनफूल?"

"हाजिर जनाब।"

"मनफूल सिंह, प्लाट कितने में बेचा?"

"साठ हज़ार में।"

"हां जी, करतार सिंह जी," यह उस स्वतन्त्रता सेनानी का नाम था, "कितने में ख़रीदा प्लाट?"

"साठ हज़ार में।"

तहसीलदार चीख़ पड़ा, "शर्म नहीं आती, झूठ बोलते। कहते हो हम स्वतन्त्रता सेनानी हैं और सरकार की पूरी फ़ीस नहीं देना चाहते, उस कालोनी में यह प्लाट दो लाख से कम नहीं है। रजिस्ट्री इम्पाउंड कर दी।"

करतार सिंह कहने लगा, "जनाब तिकुनिया (त्रिकोण) प्लाट है गली में से सिर्फ़ दस फुट अगवारा है, इसलिए भाव कम है।"

"ठीक कह रहा है, ठीक। हमने रजिस्ट्री इम्पाउंड कर दी है, मौक़े पर जाकर क़ीमत तय करेंगे। जाइए आप औरों का काम करने दें।"

करतार सिंह जो रजिस्ट्री क्लर्क पर गुर्रा रहा था, बिना जूतों के उसके ऊपर चढ़ना चाह रहा था। चुपचाप बाहर निकल आया। फिर हमारी बारी आई। तहसीलदार ने पूछा, "अंगरेज कौर कौन है?"

मेरी मां बोली, "मैं हूं।"

"शमसेर कौन है?"

मैने आगे बढ़कर कहा, "मैं हूं।"

फिर तहसीलदार मेरी मां से कहने लगा, “शमसेर आपका क्या लगता है?”

“मेरा बेटा।”

“इस मुख़्तयारनामे से यह ज़मीन को बेच भी सकता है, आपसे बिना पूछे।” तहसीलदार बोला।

“साहिब इसलिए तो इसके नाम कर रही हूं कि यह देखभाल करे, बेचे कुछ भी करे, मुझे बार-बार तहसील में ना आना पड़े।”

“ठीक है जाइए।” तहसीलदार ने कहा।

हम बाहर आ गए। रिक्शा में बैठकर बस-स्टैंड की तरफ़ चल पड़े। मां को यहां से हमारे गांव जाना था और मुझे वापिस ननिहाल। रास्ते में मैंने पूछा, “मां क्या झाड़-फूंक से नानी को कुछ आराम हुआ!”

“नहीं रे बेटा! क्या आराम होना था। वह बाबा और सुशीला दोनों पक्के बदमाश थे। वह एक कहावत है न कि ढेढ नै ढेढ गंगा जी पै भी टोह लेता है। तो दोनों मिल गए। वह तो गांव की इज़्ज़त रह गई। अमावस को जब वह लड़की लाल सूट और गहने पहनकर शमशान में गई तो वे दोनों उसको बेहोश करके उसके गहने लेकर भागने वाले थे कि लंगड़ा भगत वहां पहुंच गया।

उसने आवाज़ दी, “कौन है इस समय यहां?” तो वे दोनों उस बेहोश लड़की को वहीं छोड़कर भाग गए। लंगड़े भगत ने लड़की के मां-बाप को बहुत डांटा और सुशीला तो उसी बाबा के साथ भाग गई थी। आठ-नौ महीने में अपने पीहर आई और यह बेशऊरा रणसिंह यह कहता रहा कि वह बीमार थी। अपने मायके में इलाज करवा रही थी। अपनी भिनौण को फिर ले आया था। इसलिए आज तक भोग रहा है। तूने भी कैसे बुरे आदमियों की बात छेड़ दी बेटा! इनका तो नाम भी लेने से पाप चढ़ता है।” यह कहकर मां चुप हो गई।

बस अड्डा नज़दीक आ गया था। मैंने भी चुप रहने में ही भलाई समझी। मां को बस में बैठाकर मैं अपनी ननिहाल जाने के लिए गांव वाले अड्डे पर आ गया। वहां एक पन्द्रह-सोलह वर्ष का लड़का, ड्राइवर की सीट पर बैठा आवाज़ लगा रहा था।

"पांच मिनट में गाम में (गांव में) या राम में" मैं अर्थ न समझकर जीप में बैठ गया। शाम हो चुकी थी। जीप जल्दी भर गई और उस ड्राइवर लड़के ने रेस दे दी। जीप हवा की रफ़्तार से चल पड़ी। कई जगह दुर्घटना होते-होते मुश्किल-से बचा परन्तु गांव में जल्दी ही पहुंच गए। तब मेरी समझ में आई कि वह क्यों कह रहा था, पांच मिनट में गाम में या राम में – माने मरने से बच गए तो गांव में, नहीं तो मरकर राम के पास।

इन जीपों के भी बुरे हाल हैं। सात सवारी की जीप में तीस-तीस सवारी भर लेते हैं। ड्राइवर भी आधा सीट पर, आधा खिड़की से बाहर रहता है। आधे से अधिक ड्राइवरों के पास तो लाईसेंस भी नहीं होता और सवारी ढोने का परमिट तो अस्सी प्रतिशत के पास नहीं होता। इसलिए सभी रास्ते आने वाली जीप को इशारा करते रहते हैं कि आगे पुलिस तो नहीं खड़ी और अगर पुलिस होने का पता लग जाए तो जीप को कच्चे रास्ते, खेतों में उतार लेते हैं और हर वर्ष इस सड़क पर दस-बारह जीप उलट जाती हैं। वर्ष में एक-आध आदमी भी दुघर्टना में मर जाते हैं। पुलिस की मिलीभगत तो चलती ही है परन्तु एक बात और है। अगर ये जीप न चलें तो गांव की सवारियों को ढोने वाला ही न मिले। हर रोज़ बसों का चक्का जाम हो जाए।

ख़ैर! राम-राम करते हुए गांव आया। जीप से उतरा तो अड्डे पर डॉ. दहिया मिल गए। डॉ. दहिया मेरे ही हमउम्र हैं। मैंने नमस्ते की तो वे बोले, "चलो हस्पताल चलते हैं, चाय पीएंगे।" मुझे कोई काम तो था नहीं, सो उनके साथ चल पड़ा। डॉ. साहब के हाथ में उनका डॉक्टरी बैग था। डॉ. दहिया बड़े हंसमुख नौजवान हैं। इस ज़माने में भी जो सेवा-भाव पहले हर एक डॉक्टर में होता था, आजकल अफीम-सा हो गया है, डॉक्टर साहब में कूट-कूटकर भरा लगता था। नम्बरदार रिसाल सिंह भी कह रहे थे, "भाई, यह पहला डॉक्टर है जो यहां गांव के अस्पताल में चौबीस घंटे रुकता है, नहीं तो बुरा हाल था।"

यह बात अकेला रिसाल सिंह ही नहीं सारा गांव कहता है। सभी डॉ. दहिया की तारीफ करते हैं। उसका पहनावा भी सादा ही है। शहरी डॉक्टरों वाली तड़क-भड़क नहीं है। हां, कपड़े पैंट और कमीज सफ़ेद पहनते हैं। जो आदमी उसको नहीं जानता हो, वह तो यूं ही सोचता होगा कि यह आदमी ज़रूर रेलवे में गार्ड होगा। डॉ. दहिया के आने से पहले सरकारी अस्पताल में मक्खी भी नहीं फड़कती थी। अब मरीज ही मच्छर-मक्खियों की तरह भरे रहते हैं। वह रात देखता है, न दिन। बस लगा ही रहता है मरीजों की सेवा में। अस्पताल की काया पलट दी। गांव के खाते-पीते घरों से चन्दा लेकर टूटे पड़े जाली के दरवाज़े लगवाए, जिससे अन्दर मक्खी-मच्छर न जाएं। सफ़ाई का इतना ध्यान रखते हैं कि शहर के बड़े अस्पताल से मुख्य चिकित्सा अधिकारी शहर के अस्पताल के डॉक्टरों को और सफ़ाई कर्मचारियों को लेकर आया था और उसने सबको अस्पताल दिखाकर सबको शर्मसार भी किया था कि कम साधन होने पर भी इच्छाशक्ति और लगन कैसे-कैसे काम करवा देती हैं।

डॉ. दहिया ने गांव के नौजवान इकट्ठे करके एक नौजवान सभा का गठन भी किया था। जो नौजवान पहले चौपाल में बैठकर बीड़ी फूंकते थे और सुल्फे के कश लगाते थे, अब गांव की तरक्की के प्रोग्राम बनाने लगे थे। उन्होंने सरकारी समिति बनाकर ग्रामोद्योग भी चालू कर दिए। दो छोटे-छोटे कारख़ाने लगवा दिए उनके। एक तो अस्पताल में इस्तेमाल होने वाली पट्टी और रुई बनाने का, दूसरा कुम्हारों के साथ मिलकर माटी की ख़ूबसूरत सुराही और खिलौने बनाने का उद्योग। कमाल तो यह हुआ कि कुम्हार ही नहीं, बल्कि जाटों, ब्राह्मणों के बच्चे भी सुराही और खिलौने बनाने लगे और पढ़े-लिखे नौजवान इनको न केवल सूरजकुंड मेले में और प्रगति मैदान में ले जाते हैं, बल्कि दिल्ली, गुड़गांव और चंडीगढ़ तक इनकी ख़ूब मांग रहती है। ख़ैर! मूर्ति भी एक से एक ऐसी बनाते हैं कि आदमी घड़ी-भर देखता रहे। ख़ुशहाली आने पर अक्ल भी आ जाती है। गांव से शराब का ठेका पंचायत ने औरतों के दबाव के कारण हटवा दिया और अगर कोई चोरी-छिपे बाहर से लाकर पी ले और पकड़ा जाए तो उसको घाघरी पहनाकर, गधे पर बैठाकर गांव के चक्कर लगवा देते हैं ये नौजवान।

एक बार तो गांव में बड़ा तमाशा हुआ। पुराना पियक्कड़ धरमा अंटी में छिपाकर पव्वा ले आया और कोठे में छिपकर पीना शुरू ही किया था कि उसकी घरवाली बिरमी ने देख लिया। फिर क्या था? वह बोली, "जाती हूं, नौजवान सभा वालों को बुलाकर लाती हूं।" और चल पड़ी। धरमे ने भागकर पकड़ी और उसके पैर पकड़कर बोला, "मेरी मां, रुक जा। ले पकड़ इसको जोहड़ में फेंक दे। मैं तेरी काली गाय! आज के बाद कभी हाथ नहीं लगाऊंगा, तू मुझे बख्श दे।" मुश्किल से मानी थी बिरमी। उस दिन के बाद धरमे को आंख हो गई। बेइज़्ज़ती से कौन नहीं डरता?

पूरे गांव के बच्चे पाठशाला में जाते हैं। अब आप जानते हैं कि बनिये और व्यापारी गांव छोड़कर शहर में चले गए। उनकी हवेलियां ख़ाली पड़ी ख़राब हो रही हैं। एक बार नौजवान सभा वालों को साथ लेकर डॉक्टर दहिया ने गांव में कुश्ती के खेल करवाए और उसमें शहर के दो सेठ बुला लिए उद्घाटन पर। गांव के बदले हालात देखकर एक सेठ ने तो अपनी हवेली लड़कियों की सिलाई-कढ़ाई के मदरसे के लिए दान दे दी और दूसरे ने गांव के हस्पताल में एक्सरे मशीन दान देने की घोषणा कर दी। तब डॉ. दहिया ने कहा कि गांव में समय पर बिजली के तो दर्शन ही नहीं होते। वह दिलावर सेठ जेनरेटर भी दान कर गया।

खेल तीन दिन तक चले। समापन पर दिल्ली से गांव का एक और पुराना सेठ आया था। रामधारी था तो बूढ़ा परन्तु समझदार बहुत था। कहने लगा कि कुश्ती और कबड्डी सेहत और मनोरंजन के साधन बढ़िया हैं, परन्तु गांव में नए खेलों का भी चलन होना चाहिए। डॉ. दहिया ने धन्यवाद-भाषण में कहा कि साधनों की कमी से यह खेल गांव में कराने कठिन हैं। सेठ ने अपने पिता बनवारी के नाम से एक स्टेडियम बनवा दिया क्रिकेट और बैडमिंटन खेलने के लिए। नौजवान सभा और गांव वालों के श्रमदान से और भट्ठे वालों के सहयोग से कमाल की जगह बन गई। हर वर्ष ग्रामीण खेल और तीज-त्योहार वहीं मनाते हैं। बड़े-बूढ़ों, बेसहारों की चौपाल तो सरकार ने पहले ही बनवा रखी है। नौजवान सभा वालों ने उसमें एक टी.वी. भी लगवा दिया और दो-तीन अख़बार भी बंधवा दिए। मौज हो गई बूढ़ों की भी। मैं ये सभी

बातें सोचता हुआ डॉक्टर के साथ चलता-चलता अस्पताल में पहुंच गया। आज वार्ड में मरीज भी कम थे। डॉ. दहिया ने एक चक्कर वार्ड का लगाया और फिर मुझे लेकर अपने क्वार्टर में आ गया। हम दोनों हाथ-मुंह धोकर बरामदे में आकर बैठ गए। डॉक्टर के घरेलू सहायक बहादुर ने ठंडी लस्सी का जग और दो गिलास लाकर रख दिए। लस्सी पीकर मन तृप्त हो गया। मैं बोला, "डॉ. साहब, आपको शहर में रहकर कोला की बीमारी नहीं लगी।"

सुनकर वह हंस पड़ा, "शमसेर भाई! यूं मुझे परहेज नहीं, परन्तु जो मजा इस लस्सी में है, वह कोका कोला या पेप्सी में नहीं है और बोतलों में मिलता क्या है? जो प्रोटीन और विटामिन इस लस्सी में हैं, वे उन बोतलों में कहां मिलते हैं।"

हम ऐसे ही बात कर रहे थे कि चार-पांच आदमी एक औरत को चारपाई के साथ लेकर आ गए। एक बोला, "डॉक्टर साहब, जल्दी-जल्दी देखिए, इसको दौरा आ गया है। छः कोस से ट्रैक्टर भगा-भगा लाए हैं।"

डॉ. साहब उसको देखने लगे। वह अठारह-उन्नीस साल की युवती थी। उसकी आंखें पथराकर ऊपर चढ़ी थीं। दांतों को ज़ोर से बन्द कर रखा था। दोनों हाथ टेढ़े होकर अकड़ रहे थे। एक बूढ़ी औरत साथ आ रही थी। उसने चम्मच उसके दांतों के बीच अटका रखा था और उसके मुंह में पानी डाल रही थी। डॉ. दहिया ने उस चम्मच को हटा दिया और कहा, "इसे अस्पताल ले चलो।"

एक आदमी बोला, "डॉक्टर साहिब, पहले इसको इंजैक्शन लगा दें। चम्मच क्यों निकाल दिया? इसका मुंह खोलने के लिए बड़ी मुश्किल-से हमने चम्मच जबड़े में लगाया था।"

डॉक्टर ने कहा, "घबराएं नहीं, इसे अस्पताल में ले आइए, इसका कुछ नहीं बिगड़ा है।"

मैं भी साथ-साथ चल पड़ा। अस्पताल के कमरे में पहुंच गए तो डॉक्टर ने बुढ़िया और युवती को छोडकर सबको बाहर जाने के लिए कहा। मैं भी बाहर जाने लगा। डॉक्टर बोला, "शमसेर! तुम रुक जाओ यहीं।" मैं ठहर गया।

डॉक्टर ने एक शीशी, जिस पर स्पिरिट अमोनिया लिखा था, खोली। शीशी खुलते ही एक तीखी गन्ध कमरे में फैल गई। डॉक्टर ने रुई का एक टुकड़ा इस दवा में भिगोकर युवती की नाक पर रख दिया। उसकी सांस में गन्ध चली गई होगी। उसने मुंह खोल दिया और मुंह से सांस लेने लगी। हाथ-पांव अब भी अकड़े हुए थे। डॉक्टर ने एक हाथ नाक पर रखा और दूसरे हाथ से उसके होंठ बन्द कर दिए। अब उसका मुंह से सांस लेना रुक गया। उसने थोड़ी देर सांस रोके रखा परन्तु फिर जब नाक से सांस लिया तो दवा सांस में जाने से ज़ोर की छींक आई। उसकी पथराई आंखें और अकड़े हुए हाथ-पांव सब ठीक हो गए। एक नर्स जो कमरे में आ गई थी, डॉक्टर का इशारा समझकर पानी का गिलास ले आई। डॉक्टर ने युवती को सिर का सहारा देकर बिठाया और पानी पिलाने के लिए गिलास उसके मुंह से लगा दिया। वह पीना नहीं चाहती थी। लेकिन डॉक्टर ने उसको धमकाया, "पानी पी ले।" वह फटाफट पानी गटक गई। डॉक्टर ने नर्स को कहा, "इसको वार्ड में ले जाओ।" नर्स हाथ पकड़कर उसे ले गई।

डॉक्टर अपनी कुर्सी पर बैठ गया। मैं सामने वाली कुर्सी पर। थोड़ी देर चुप रहकर मैंने पूछा, "डॉक्टर साहिब! उसको क्या हुआ था?" डॉक्टर चुप थे।

मैंने पूछा, "डॉक्टर साहब आप 'ओपरे' को मानते हो।" डॉक्टर हंस पड़ा, "भाई! ओपरा कह लो या हिस्टीरिया कह लो। बीमारी तो एक ही है।"

"क्या बीमारी होती है यह?" मैंने पूछा।

"मानसिक बीमारी होती है।" डॉक्टर बताने लगा।

"असल में आदमी या औरत जब जवान होने लगते हैं तो शरीर में नए हारमोन पैदा होते हैं। उसके बाहरी लक्षण तो नवयुवकों में दाढ़ी-मूंछ आना, नवयुवतियों में छाती बढ़ जाना और मासिक स्राव शुरू होना होते हैं परन्तु उसके साथ-साथ मानसिक बदलाव भी आते हैं। इन्हीं हारमोन की वजह से लड़का-लड़की एक-दूसरे के प्रति आकर्षित हो जाते हैं। लड़के तो अपने संगी-साथियों में बात करके अपने मन की बात निकाल लेते हैं परन्तु लड़कियों

को कई बार अपनी काम-इच्छा दमन करनी पड़ती है। एक अजीब-सी बेचैनी उनके तन-मन में फैल जाती है। लड़कियां शर्म-लिहाज की वजह से इसके बारे में अगर किसी से बात न कर पाएं तो एक कुंठा उनके मन में उपज आती है। इसी कुंठा की वजह से हिस्टीरिया लड़कियों में लड़कों की अपेक्षा ज़्यादा होता है। हिस्टीरिया का कारण केवल काम-इच्छा का दमन नहीं होता और भी कई इच्छाओं का दमन जैसे ससुराल में सास-ससुर द्वारा प्रताड़ना। विवाह के पश्चात् अगर बहू को लड़कियां ही लड़कियां पैदा होती रहें या बच्चे न हों तो सास-ननद, जेठानी द्वारा प्रताड़ित करने पर कुंठा पैदा हो जाना स्वाभाविक है। असल में कुंठा ही हिस्टीरिया का मुख्य कारण है। इसमें कुंठित व्यक्ति दूसरों का ध्यान अपनी ओर आकर्षित करना चाहता है, और जाने-अनजाने में हिस्टीरिया का दौरा शुरू हो जाता है। पहले झाड़-पोंछ करने वाले ओझा, तान्त्रिक लोग, इसको भूत-प्रेत और ओपरा कह देते थे।"

मैंने कहा, "डॉक्टर साहब, हमारे देहात में तो बहुत पिछड़ापन है, इसलिए ऐसे बीमार हो जाते हैं।"

डॉक्टर बोला, "हां, यह बात सच है।" फिर बोला, "कल तुम रागनी सुनने नहीं आए, बड़ी अच्छी-अच्छी रागनियां सुनाई थीं नए-नए गाने वालों ने।"

"गया तो था, परन्तु दूसरी ही रागनी सुनकर उठ आया। बड़ी अश्लील बातों पर उतर आए हैं रागनियों वाले। मेरे पिता जी तो पहले भी हमें रागनी नहीं सुनने दिया करते थे। मैं तो ये बोल सुनकर उठकर आ गया था।

भाई रोए भाइयां की सूंह, लिकडै जां सै पिराण,
तोड़-मरोड़ कै गेरी तनै, लिया चादरा ताण।
आप बतलाएं, ये भले आदमियों की सुनने की बातें होती हैं।"

डॉ. दहिया हंस पड़े। बोले, "असल में ऊपर से देख-सुन लेते हो तुम। इनके मर्म में नहीं पहुंचते। यह रागनी मुझे तो बहुत अच्छी लगी। मैं तो उस गाने वाले से लिखवा लाया भाई।" फिर जेब से काग़ज़ निकालकर बोला, "लो सुनो! और इसमें छुपा हुआ गहरा मतलब समझो। फिर तुम्हें पता लगेगा कि

ये हमारी कितनी बड़ी धरोहर हैं। इन रागनियों में बहुत ज्ञान छुपा है। इसी रागनी को ले लो, जिसे तुम अश्लील बता रहे हो।

"फ्रायड एक ऐसा नाम है जिसको हर अंग्रेज़ी जानने वाला ही नहीं तक़रीबन हर पढ़ा-लिखा आदमी जानता है। यूं माना जाता है कि यह बहुत समझदार आदमी था और उसने आदमी की दिमाग़ी बीमारियों के पीछे यौन-इच्छा यानी सेक्स की ताक़त आधी-अधूरी यौन-इच्छा का बुरा असर ढूंढ लिया था।

"ज्यों-ज्यों आदमी सुख-सुविधा के साधन जुटाने लगा, त्यों-त्यों यह अपनी असलियत भूलने लगा। वह अपनी नक़ली बनाई सभ्यता में फंसकर प्रकृति, जंगल, पेड़-पौधों, पशुओं-जानवरों से दूर हट गया और जो सीख वह इन चीज़ों से आसानी से ले लेता था, यह अब आदमी को नहीं मिलती। सेक्स शिक्षा पर आजकल अख़बारों व टी.वी. पर बहुत शोर-शराबा है। कहते हैं, जवान लड़कों और लड़कियों को सेक्स की सही शिक्षा देनी चाहिए। पहले तो आदमी पशु-पक्षियों को देखकर भाभी-चाची-ताइयों से लड़की और यार-दोस्तों से लड़के सभी बातें सीख समझ लेते थे। परन्तु अब संयुक्त परिवार तो रहे नहीं और मां-बाप से शर्म-पर्दा होने के कारण यह बात उठी। पहले तो यह सारी बात लोकगीतों में, जो सावन-फागुन में गाए जाते थे, खुलासा कर दी जाती थी। यह रागनी, जो सेक्स की सारी शिक्षा दे देती है, का नमूना देख लो जिसमें आज तक का सही सटीक वर्णन है। ऊपर से बेशक अश्लील लगती है, परन्तु इसके मर्म में जाकर सारा कुछ समझ आ जाता है।

भाई रोए, भाइयां की सूंह,
लिकड़े जां सै पिराण।
तोड़-मरोड़ कै गेरी तन्ने,
लिया चादरा ताण।

"इन पंक्तियों में एक विरह में जलती युवती अपने प्रेमी को यूं कह रही है कि तुझे तो रति-सुख के अलावा और किसी बात का ध्यान नहीं है। मात्र शारीरिक उठा-पठक को तुम प्रेम कहते हो। प्रेम का असली अर्थ नहीं समझते।

पहल्यां भी तनै ठा के लाठी
थी रे गाहट मैं हांकी,
ठा-ठा पटकी अर सूडी,
लेग्या नाज काढ़ दी तूड़ी,
गरज दीवाना सै अजब सै मस्ताना
कौन्या तन्नै आगे-पाछे का ग्यान।

"युवती कहती है कि शुरू में भी तुमने बस शरीर-सुख ही साध लिया। जैसे शरीर के उठा-पटक के अलावा तुमने मन की कोई बात नहीं की।

"'कोन्या तनै, आगे-पाछे का ग्यान।' इस बात में तो बिल्कुल साफ़-साफ़ कहती है कि तुझे 'आगे' सहवास से पूर्व तथा सहवास के बाद के प्रेमालाप का ज्ञान और महत्त्व समझ नहीं आ रहा जिसे आजकल के मनौविज्ञानिक 'फोरप्ले' तथा 'आफ्टरप्ले' कहते हैं।

"इन तरीक़ों से हमउम्र शादी-शुदा औरत अपनी ननद और सहेलियों को सेक्स शिक्षा सहज में दे दिया करती।

"आगे और सुनें :

सामण बरसै, बिजली कडकै,
अंग-अंग साजण मेरा फडकै,
तनै क्यूकर रोऊं बैरी,
सोग्या तू मूधा पड़कै ,
उठजा जालम भरले कोली,
राख ले तिरिया का मान।

"सावन की फुहार पड़ रही है और मेरा तो अंग-अंग जल रहा है और तू करवट बदलकर, पीठ मोड़कर सो रहा है। जालिम, जागकर स्त्री का मान रख और मुझे बाहों में भर ले। अगली लाइनों में सारा सार आदमी-औरत के सम्बन्धों को खोलकर रख दिया गया है।

बीर नै ना चाहिए महल चौबारे,
ना चाहिए तख्ते ताऊस की शान
कह गये पंडित ग्यानी ध्यानी,
मूरख मरद ले बात पिछाण।

"इस मीठी झिड़की में एक शाश्वत सच दिया हुआ है कि स्त्री-पुरुष के सम्बन्धों में धन आदि से बढ़कर प्रेम-प्यार का ही महत्त्व होता है।

"आज आवश्यकता है कि हम अपनी धरोहर को संभालकर रखें और इनसे सही सबक लें।"

बातें करते-करते नौ बज गए। मैंने कहा, "डॉ. साहब मैं चलूं।"

डॉक्टर कहने लगा, "आज तो यहां खाना खाकर जाएं।"

हम उनके घर चले गए। बहादुर ने टेबल पर खाना लगा दिया।

बोला, "डॉक्टर साहब, लंच कर लो।"

मैं हंस पड़ा, बोला, "बहादुर, तुम्हें इतने दिन हो गए डॉक्टर साहब के साथ रहते, यह भी नहीं पता कि लंच दोपहर के खाने को कहते हैं और डिनर रात के खाने को।"

बहादुर बोला, "बाऊजी यह दोपहर की सब्ज़ी है, डॉक्टर साहब को लंच करने की फुरसत कभी-कभी मिलती है इसलिए कह रहा था लंच कर लो।"

मैं बोला, "डॉक्टर साहब, आपने इस गावदी को चंट-चालाक बना दिया। अब तो इसने बातों में महारत हासिल कर ली। पहले कुर्सी मंगवाया करते तो कटोरी ले आता था।"

डॉक्टर बोला, "ये लड़का बड़ा जहीन है। जब आया था तब इसे हमारी बोली भी नहीं आती थी। अब तो इसने अस्पताल के ड्राइवर से जीप भी चलानी सीख ली है। इसका लाइसेंस बनवाने जाना है। एक्स-रे भी कर लेता है, ई.सी.जी. भी कर लेता है।"

खाना खाकर मैं जाने को तैयार हुआ तो डॉक्टर कहने लगा, "आज रात को यहीं रुक जाओ, तुमसे कुछ बात करनी है।"

मैं बोला, "नम्बरदार मेरा इन्तज़ार कर रहा होगा।"

डॉक्टर बोला, "उसको मैं टेलीफ़ोन पर सूचना दे देता हूं कि तुम यहीं सोओगे।"

डॉक्टर ने टेलीफ़ोन कर दिया। हम दोनों उसके क्वार्टर की छत पर बिछे बिस्तरों में आ बैठे।"

आसमान साफ़ था। तारे चमक रहे थे। तारे चमकते देखकर मुझे रागनी संचालन करने वाले की एक बात याद आ गई। प्रेमी प्रेमिका को आमतौर पर कह देता है।

"तू कहे तो मैं तुझे आसमान के तारे तोड़कर ला दूं।"

प्रेमिका ख़ुश होकर आंखों में आंखें डालकर बोली, "ले आओ।"

अब प्रेमी को मुश्किल हो गई।

वह बोला, "लेकर तो आ जाऊंगा, परन्तु तुम उनका क्या करोगी?"

डॉ. दहिया बोले, "तुम तो चले गए थे। उसने तो बड़े चमौले छोड़े थे। यूं बोला, "एक बार गांव के स्कूल में सरपंच के बूढ़े बाप के मरने पर स्कूल की छुट्टी कर दी गई। दूसरी कक्षा में पढ़ने वाले दो बच्चे घर की तरफ़ आ रहे थे। एक ने दूसरे से पूछा, "छुट्टी किसलिए हो गई?"

दूसरा बोला, "सरपंच का बूढ़ा पिता मर गया है।" थोड़ा आगे चले तो पहला बच्चा दूसरे से कहने लगा, "देख दो छुट्टी बैठी हैं।" दूसरे ने देखा दो बूढ़े पलंग पर बैठे हुक्का पी रहे थे। वह बोला, "कह तो तू ठीक रहा है, परन्तु पता नहीं कब मरेंगे, कब छुट्टी होगी?"

और सुन, "एक बार नत्थू की भैंस मर गई। वह गुहांड (पास के गांव) से भैंस ख़रीदने गया। वहां एक दरी पर कई आदमी बैठे हुक्का पी रहे थे। तुम तो जानते हो कि ज़मीन पर बैठकर हुक्का पीने का अर्थ किसी की मृत्यु

हुई होती है। नत्थू ने पूछा, "क्या बात है, कौन मर गया?" उसके पास बैठा एक आदमी बोला, "भाई! हमारी बूढ़ी दादी मर गई।" फिर वह नत्थू के मुंह की तरफ़ देखकर बोला, "तुम भी कुछ दुखी दिखाई देते हो।" नत्थू बोला, "मेरी भैंस मर गई।" वह आदमी कहने लगा, "भाई! तेरा दुख भी बराबर का है। भैंस हो या बूढ़ी, जीव तो जीव होता है।"

नत्थू छूटते ही बोला, "नहीं मेरा दुख ज़्यादा है। तुमको क्या बूढ़ी ख़रीदनी है, मुझे तो भैंस ख़रीदनी पड़ेगी।" कुछ देर इसी बात पर हंसते रहे। फिर चुप हो गए।

थोड़ी देर बाद डॉ. दहिया बोला, "शमसेर, अगर तुम बुरा न मानो तो एक बात पूछ लूं।"

"पूछ लो डॉ. साहब। यूं कहते हैं कि जुबान पर आई बात और कमान पर चढ़ा तीर रोकना नहीं चाहिए और रही बात बुरा मानने की, वो आदत तो बहुत पहले छूट चुकी है," मैं बोला।

"ऐसी बात क्यों कहता है, भाई रहने दे, मैं कुछ नहीं पूछता। खामखा तेरा मन दुखाने का मतलब नहीं था मेरा।"

"पूछ लो डॉ. साहब, अब तो मन रहा ही नहीं तो दुखेगा कैसे?" मैं बोला।

"फिर फिलॉसफी शुरू कर दी तूने। तो सुन टंटा (झगड़ा) मिटा देता हूं। जो होगी देखी जाएगी। मैं यूं पूछ रहा था शमसेर! एक बार नम्बरदार रिसालसिंह कह रहा था कि तुम अमेरिका से नौकरी छोड़कर आ गये हो और खेती करने लगे हो, क्या यह सच है। अगर तुम बतलाना चाहते हो तो बतला दो और नहीं चाहते तो रहने देना परन्तु बुरा मत मानना। मुझे कोई अधिकार नहीं है तुम्हारी व्यक्तिगत जिन्दगी में झांकने का।"

मैं थोड़ी देर कुछ नहीं कह पाया। असल में मैं उन बातों को भुलाना चाहता था और वही बात डॉ. दहिया ने पूछ ली। फिर मैंने सोचा, मैं इन बातों से भाग नहीं सकता। जब मैं नौकरी छोड़कर वापिस आया था तो मां और

पिताजी ने कुछ नहीं पूछा था, क्योंकि मात्र मां-बाप ही ऐसे आदमी होते हैं जो औलाद के जख्मों को कुरेदना नहीं चाहते। हां, यार-दोस्त, अड़ोसी-पड़ौसी और दुश्मन भी ज़रूर जानना चाहते हैं इन दुखों को। पता नहीं, लोगों को भरते जख्मों के खुंरड उतारने में क्या मजा आता है? कई बार तो आपने भी देखा होगा कि चोट का, जिस्मानी चोट-खरोंच का जख्म भरकर उसपर खुंरड आ जाता है। अगर उसको न छेड़ें तो वह अपने-आप उतर जाता है। पता नहीं लगता और नीचे नई चमड़ी आ जाती है परन्तु जब खुरंड थोड़ा कच्चा हो तो वहां खुजली भी होती है और आदमी अनजाने में ही उसको खुरचकर उतार लेता है। यही मेरा हाल था। जब से मैं अमेरिका से नौकरी छोड़कर आया हूं, थोड़ी-सी भूल पाता हूं कि कोई ना कोई उसको खुरच देता है।

डॉ. दहिया, जैसे मैंने पहले बताया, बड़ा सीधा-सरल आदमी है। मैंने सोचा आज तो सब-कुछ बतलाकर अपना मन हल्का कर लूं।

मैं बोला, "डॉक्टर साहब, बहुत लम्बी बात है परन्तु आज अवश्य सुनाऊंगा। आप तो जानते है कि मेरे पिताजी सेवानिवृत्त सूबेदार मेजर हैं। वे और दादा भी चाहते थे कि मैं फ़ौज में जाऊं और बड़ा अफ़सर बन जाऊं। मैंने बाहरवीं साईंस लेकर की थी और फिर एन.डी.ए. की परीक्षा दी थी। एन.डी.ए. में मेरा चयन हो गया था। मेरे पिताजी की ख़ुशी का तो कोई ठिकाना ही नहीं था परन्तु मुझे एक दुख भी था कि मेरा एक मित्र एन.डी.ए. में नहीं आया था। वह ग़रीब घर का था। फिर हमारा दोनों का चयन रुड़की इंजीनियरिंग कालेज में हो गया। वह तो वहां नहीं जा सकता था, क्योंकि उसकी आर्थिक स्थिति पढ़ाई का बोझ उठाने की नहीं थी। मैंने सोचा, अगर मैं एन.डी.ए. में न जाऊं और हम दोनों रुड़की दाख़िला ले लें तो मैं उसकी मदद कर सकता हूं। बस यह सोचकर मैं अपने पिताजी की इच्छा के खिलाफ रुड़की चला गया। मेरे पिताजी ने कहा तो कुछ नहीं, परन्तु उनके चेहरे से साफ़ जाहिर था कि वे दुखी हैं परन्तु तब तो मैं हातिमताई बन रहा था और उस दोस्त के मां-बाप ने भी मेरा दिमाग़ ख़राब कर दिया था। ब्रेनवाश कर दिया था। भाई! वे कहते थे तुम कृष्ण हो और यह सुदामा, तुम्हारे सहारे यह भी पार हो जाएगा। जैसे काठ के सहारे लोहा तैर जाता है। तब तो मेरी आंखों पर

पट्टी बंधी हुई थी। कुछ नहीं दिखाई दे रहा था। मेरी मां ने भी कई बार कहा - बेटा! तेरे पिताजी को बड़ा शौक है तुझे अफ़सर बनाने का और ऐसे मौक़े बार-बार नहीं मिलते। मैं या तो चुप रह जाता या फिर ग़ुस्सा होकर कहता, "हमारी यही सोच हमें फ़ौज में पांव पिटवाती है, तरक्की नहीं करने देती। बुद्धिमान लोग व्यापार करते हैं। डॉक्टर, इंजीनियर, आई.ए.एस., आई. पी. एस. बनकर राज करते हैं और हम फ़ौज में पैर पीटते हैं।

"ख़ैर! हम दोनों रुड़की इंजीनियरिंग कालेज में दाख़िल हो गए। मैंने हॉस्टल में दाख़िला नहीं लिया क्योंकि दोनों का - मेरा और देवेन्द्र का - ख़र्च पिता जी से कैसे मांगता? बाहर कमरा किराए पर लेकर हम दोनों रहने लगे। मेरे पिताजी को यह बात पसन्द तो नहीं थी परन्तु उन्होंने कहा कुछ नहीं। हम दोनों को कम्प्यूटर साईंस में दाख़िला मिल गया। दो वर्ष तो ठीक निकल गए, लेकिन फिर देवेन्द्र के पर निकल आए।

"उसका रहने-सहने का ढंग बदल गया। कपड़े भी बढ़िया पहनने लगा। हालांकि कमरे का किराया, किताबों का ख़र्च, खाने-पीने का ख़र्च सब मैं ही वहन करता था। कुछ दिन बाद मुझे पता लगा कि उसका उठना-बैठना रुड़की के बदमाशों के साथ हो गया है। मैंने उसको समझाने की कोशिश की तो वह थोड़ा सुधर गया। फिर एक डी.आई.जी. के पोते के साथ घूमने लगा। वह लड़का बारहवीं में पढ़ता था। नाम तो उसका वीरेन्द्र था परन्तु सब उसको प्रिंस कहते थे। वह सरकारी जीप लेकर आता। देवेन्द्र और वह घूमने निकल जाते। मैं भी कभी-कभी उनके साथ घूमने जाने लगा। प्रिंस डी.आई.जी का अकेला पोता था। उसके बाप का देहान्त हो चुका था। उसका बाप भी अपने पिता की इकलौती सन्तान था। डी.आई.जी. उसे बहुत चाहते थे। और यह बात स्वाभाविक भी है। किसी ने कहा भी है कि असल से सूद ज़्यादा प्यारा होता है। सो, बेटे से पोता अधिक प्यारा होता है और जब बेटा भी मर चुका हो तो दादा का प्यार पोते पर होना ही था। देवेन्द्र शुरू से बड़ा मीठा बोलता था। वह अपने मीठे बोलने और मासूम चेहरे से सबका विश्वास जीत लेता था। डी.आई. जी. और प्रिंस की मां दोनों देवेन्द्र से बहुत प्रभावित थे। उनको यूं लगने लगा था कि प्रिंस, उनका पोता, देवेन्द्र के साथ रहकर

सुरक्षित है। एक तो देवेन्द्र का इंजीनियरिंग का विद्यार्थी होना, फिर उसका मिठबोलापन, उनपर जादू कर गया था। पहले तो वह मुझपर आश्रित था। अब तो डी.आई.जी. भी उसकी सहायता करने लग गया। यूं प्रिंस भी अपने खुले जेब ख़र्च से उसको कभी कुछ, कभी कुछ दिलाता रहता था। देवेन्द्र की क़द-काठी भी अच्छी थी। गोरा रंग, छः फुट के क़रीब लम्बाई। अब उसका आधा समय होटलों में, रेस्तरां में और आधा समय डी.आई. जी. के घर खाना-पीना होता था।

"प्रिंस के साथ जिम भी जाने लगा था। आहिस्ता-आहिस्ता हमारी चार-पांच लड़कों की चंडाल-चौकड़ी बन गई और देवेन्द्र हमारा लीडर था। ग़लत आदत और ऐब, चोर की तरह दबे पांव कब घर में आ घुसे, पता नहीं लगता। सिगरेट से शुरू होकर, इंजीनियरिंग के आखिरी साल के इम्तिहान तक देवेन्द्र के साथ-साथ मैं भी शराबखोरी में फंस गया। भगवान की दया थी या मेरे मां-बाप की अच्छी क़िस्मत कि मैं पास हो गया परन्तु जहां पहले साल नब्बे प्रतिशत अंक आए थे, वहीं आखरी साल मात्र सतावन प्रतिशत ही आ पाए, जबकि देवेन्द्र फेल हो गया। पास होने के बाद तो घर आना पड़ा। अब इतनी बुरी आदत के साथ घर पर मन लगना मुश्किल था। यह ज़माना भी ऐसा था जब कम्प्यूटर-वाले को फटाफट नौकरी मिल जाती थी। लेकिन वह मिलती थी अच्छे नम्बर वालों को। अब घर रहना मुश्किल था। इसलिए दिल्ली में एक कॉल सेंटर में नौकरी कर ली। कॉल सेंटर डॉक्टर साहब! कम्प्यूटर की कम्पनी होती है, जो यूरोप और अमेरिका की कम्पनियों का काम ठेके पर करती है। अमेरिका की कम्पनियां प्रोग्रामरों को यूरोप, अमेरिका ले जाए तो बहुत वेतन देना पड़ता है परन्तु ई-मेल पर काम बताकर यहां कम्पनियों वाले उसका ठेका लेकर, कम वेतन पर नौकर रखकर वही काम करवाकर ई-मेल पर ही वापिस भेज देते हैं। बड़ा सस्ता सौदा रहता है उनका। इस प्रकार देसी कम्पनी कमाई कर लेती हैं।

"अब जो मैं कमाता था, खा-पी जाता था। कुल मिलाकर दस हज़ार मिलते थे। कमरे का किराया और मेरी बिगड़ी आदत से गुज़ारा मुश्किल-से होता था। घर बहुत कम जाता था। जाता भी तो पिता जी से बचता रहता

था। बड़े बुरे दिन बीत रहे थे। देवेन्द्र वहां रुड़की में रहता था। मैं बारह घंटे कॉल सेंटर में नौकरी करता। वहां कम्प्यूटर मॉनीटर की तेज रोशनी में बैठे-बैठे इतनी थकावट हो जाती कि कमरे पर आते ही पड़कर सो जाता। दो-तीन दिन फ़ोन न करूं तो मां परेशान होकर कॉल सेंटर में फ़ोन करती। मैंने दुखी होकर कह दिया कि यूं रोज़ फ़ोन करने से मेरी नौकरी जाती रहेगी। एक बार जब मैं घर गया तो पिताजी ने मुझे सैल्युलर फ़ोन लेकर दे दिया और कहा मां से बात कर लिया कर, वह परेशान होती है। थोड़ा-सा सुभीता भी हो गया था परन्तु मेरी आदत तो बिगड़ चुकी थी। फ़ोन का ख़र्चा और होने लगा। सहकर्मियों से उधार ली, जब उधार न उतार पाया तो फ़ोन बेचकर उधार उतार दी।

"देवेन्द्र का फ़ोन आया कि नौकरी छोड़ यहां आ जाओ, कुछ जुगाड़ करेंगे। मैं फिर रुड़की चला गया। वहां उसके वही हाल थे। प्रिंस को उसने बुरी तरह अपने क़ब्ज़े में कर लिया था। डी.आई.जी. और उसकी मां परेशान थे। अब आप कह सकते हैं कि डी.आई.जी तो देवेन्द्र के होश ठिकाने लगवा सकता था। बात तो बिलकुल ठीक है परन्तु प्रिंस ने उनको कह दिया था कि अगर देवेन्द्र का कुछ बिगड़ा तो वह आत्महत्या कर लेगा। वहीं प्रिंस की मां को मैंने पहली बार देखा था। सुना था कि जब वह ब्याही गई तो दसवीं पास थी और उसके पति के देहान्त के बाद डी.आई.जी. ने पढ़ाने के लिए उसे होस्टल में दाख़िल करवा दिया था। मैं हैरान था कि डी.आई.जी. ने लगभग अनपढ़ लड़की से अपना लड़का कैसे ब्याह दिया?

"प्रिंस की मां ने बताया कि उसके पति की उम्र विवाह के समय मात्र अठारह वर्ष की थी। मैं यह बात सुनकर भी हैरान हुआ। फिर बीरमती, प्रिंस की मां, ने बताया कि प्रिंस का पिता अपने माता-पिता की इकलौती सन्तान था और उसको ब्लड कैंसर हो गया था। इसलिए उसका विवाह जल्दी कर दिया। न तो उसे और न ही प्रिंस के नाना को इस बात का ज्ञान था कि जिससे बीरमती का विवाह हो रहा है, उसे कैंसर है। ग़रीब देहाती आदमी थे। डी.आई.जी. की दूर की रिश्तेदारी में थे। जब डी.आई.जी. ने बीरमती का हाथ मांगा तो मना नहीं कर सके। बीमारी का पता तो विवाह के बाद

लगा। असल में डी.आई.जी. ने अपने लड़के का विवाह इसलिए किया था कि कोई वंश चलाने वाला पैदा हो जाए। अब प्रिंस ही उनकी वंश-बेल था। उसको क्या कहते? मैं बीरमती का क़िस्सा सुनकर सन्न रह गया। वह इस समय पैंतीस वर्ष की आयु के क़रीब होगी। इसका मतलब जब उसका विवाह हुआ वह सोलह वर्ष की रही होगी और अठारह साल की विधवा हो गई थी। मुझे डी.आई.जी. पर बड़ा गुस्सा आया कि अपने स्वार्थ के लिए एक औरत की ज़िन्दगी ख़राब कर दी। वह शक्ल-सूरत से क़द-काठी से प्रिंस की बहन लगती थी। कहीं से मां नहीं लगती थी। वह मुझसे मिलने मेरे कमरे पर आई थी और डर भी रही थी कि डी.आई.जी. को पता न लग जाए। वह अभी भी एक किस्म की क़ैद में ही रह रही थी। वह मुझे कहने आई थी कि मैं प्रिंस को देवेन्द्र के चंगुल से छुड़ा दूं?

"डी.आई.जी. से मिला तो उसने मुझे एक प्रस्ताव रखा। डी.आई.जी की एक लड़की थी - प्रिंस की बुआ। वह एम.बी.ए. कर के पांच साल से अमेरिका में रह रही थी। अब हिन्दुस्तान आ रही थी। डी.आई.जी. बोला, "मेरी इच्छा है कि तुम मेरी बेटी से विवाह कर लो और अमेरिका चले जाओ।"

"अमेरिका जाने की सुनकर मैं अंधा हो गया। न तो मुझे डी.आई.जी. की चालाकी याद रही, न ही यह याद रहा कि उसने बीरमती के साथ क्या किया था और न ही मुझे इस बात का ध्यान रहा कि प्रिंस की बुआ मुझसे पांच-सात वर्ष बड़ी है। मुझे यूं लगा कि मेरी लॉटरी लग गई। अमेरिका जाकर मेरी सारी समस्या दूर हो जाएगी। मैंने अपने मां-बाप से कुछ पूछने की ज़रूरत नहीं समझी और डॉक्टर साहब, डी.आई.जी. हमारी जाति का भी नहीं था। मैं डर रहा था कि मेरे पिता इस बात को नहीं मानेंगे। डी.आई.जी. को तो मेरे मां-बाप से कोई मतलब नहीं था। झट मंगनी, पट ब्याह की तर्ज पर पहले हमारे फेरे करवाए और फिर विवाह रजिस्ट्रार के यहां जाकर रजिस्टर करवा दिया। मानसी नाम था डी.आई.जी. की लड़की, प्रिंस की बुआ और मेरी पत्नी का।

"विवाह को मुश्किल-से दस दिन बीते होंगे कि वह वापिस अमेरिका

चली गई। मेरा पासपोर्ट बनना था, वीजा लगना था इसलिए यहां हिन्दुस्तान में था। आप हैरान होंगे कि इन दो महीनों में मैंने न अपने मां-बाप की कोई ख़बर ली, न अपनी ख़बर दी।

स्पांसरशिप आने में पासपोर्ट, वीजा के चक्कर में तीन महीने लग गए। फिर मैं अमेरिका चला गया। मैं सोच रहा था कि अमेरिका जाकर पहले अपने मां-बाप को बतला दूंगा कि अचानक नौकरी मिलने से मैं चला गया। ख़बर देने की फुरसत नहीं थी। फिर पांच-साल बाद कह दूंगा कि मैंने यहां विवाह कर लिया है। मैं यह सोच रहा था कि वहां से रुपये जमाकर भेजूंगा तो मां-बाप खुश हो जाएंगे और मेरी पिछली बात भूल जाएंगे परन्तु मेरा सोचना बिलकुल ग़लत था। मां-बाप अपनी औलाद की एक तो क्या कई-कई ग़लतियां भूल जाते हैं। न भी भूलें, तो वे अपने बच्चों को उनकी ग़लती याद दिलाकर जलील नहीं करते। इसके विपरीत बच्चे ही ऐसे होते हैं कि वे क़दम-क़दम पर मां-बाप को ज़लील करते हैं। जब मैं अमेरिका से ख़ाली हाथ घर आया था तो मेरे पिताजी और मां ने कुछ नहीं कहा था। मैं तो ग़लती तथा शर्म से मरा जा रहा था, परन्तु उन्होंने कभी यह एहसास नहीं होने दिया कि मैंने कोई ग़लती की है या उन्हें दुख दिया है।

"मैंने अमेरिका जाकर एक साल बाद घर पर एक लाख रुपये भेजे तो पिताजी का ख़त आया था कि तेरे रुपये तेरे खाते में जमा करा दिए हैं और चाहिए तो ख़त लिख देना, टेलीफ़ोन कर देना। मैंने रुपये भेजने से पहले टेलीफ़ोन भी नहीं किया था। मैं ग़लत था और पैसे की ताक़त पर मां-बाप को ख़रीदना चाहता था परन्तु रुपये भेजकर आधा सबक मिल गया था। आधा सबक तब मिला जब मैंने पहली बार फ़ोन किया। टेलीफ़ोन पिताजी ने उठाया था। वे बोले, "हैलो!"

मैं बोला, "नमस्ते, पिताजी,"

उन्होंने कोई जवाब न दिया, बस इतना सुना था कि "भाग्यवान, तेरे अमेरिकन बेटे का फ़ोन है।" मेरा दिल बैठ गया। मां फ़ोन पर बोली, "बेटा शमसेर! तू ठीक तो है ना बेटा।"

“हां मां।” मुश्किल-से मेरी आवाज़ निकली थी।

“क्या बात है तू मरी-मरी आवाज़ में क्यों बात कर रहा है?”

“मां पिताजी मुझसे नाराज़ हैं?” मैंने पूछा था।

“बेटा! जो काम तू यहां करके गया है, उसके बाद क्या उन्हें नाराज़ नहीं होना चाहिए?” मां बोली।

“ऐसा क्या कर दिया नौकरी करने ही तो गया हूं मैं?” मैंने पलटकर जवाब दिया था।

“हां बेटा, यह नौकरी बहुत अच्छी है। अपने से बड़ी उम्र की औरत से ब्याह करके खानदान की नाक कटवा दी तूने! जिस देवेन्द्र को तू मां के जाए से अधिक मानता था, उसने सारे गांव-देहात में तेरे गुणगान कर रखे हैं।” कहकर मां रोने लग गई।

मेरा तो यह हाल हो गया कि नीचे का दम नीचे रह गया और ऊपर का ले गया राम उठाये।

मैं बोला, “मां देवेन्द्र ग़लत कह रहा है। मैंने किसी बुढ़िया के साथ विवाह नहीं किया। तेरी बहू मेरे से एक-आध साल बड़ी ज़रूर है, पर बूढ़ी नहीं है।” मैं कहने को तो कह गया परन्तु मेरा जी जानता है कि मेरे साथ क्या बीती?

“अब अमेरिका प्रवास की बात बता दूं, डॉ. साहब आपको। मैं जब तीन महीने बाद स्पांसरशिप पाकर अमेरिका गया तो यह सोचता गया था कि मानसी मेरा बेसब्री से इन्तज़ार कर रही होगी। एयरपोर्ट पर पहुंचा, कस्टम वाले से मुक्ति पाकर बाहर आया। वहां पब्लिक अनाउसमेंट सिस्टम पर आवाज़ आई - “मिस्टर शमशेर फ्रॉम इंडिया, हेयर इज ए काल फॉर यू, रीच एट रिस्पेशन कांउटर टुवैंटी।” मैं अपना सामान घसीटता-घसीटता काउंटर पर गया। टेलीफ़ोन मानसी का था। वह कह रही थी, ‘शमसेर मुझे कम्पनी के काम से अचानक फ्लोरिडा जाना पड़ गया है और मुझे वहां एक महीना रहना पड़ेगा। आपके

पास फ़्लैट का पता है, टैक्सी लेकर वहां पहुंच जाएं। मैं रात को घर पर बात करूंगी।' मैं कुछ कहता इससे पहले उसने फ़ोन काट दिया।

"फ़ोन सुनकर मुझे बड़ा अटपटा लगा। एक हिन्दुस्तानी मर्द को चाहे वह अमेरिका में रहता हो, चाहे हिन्दुस्तान में यह बात गले से उतारनी बहुत मुश्किल होती है कि उसकी पत्नी उसकी पूछ-क़द्र न करे। मैं न्यूयार्क के एयरपोर्ट पर अकेला खड़ा था। अनजान देश, पराए आदमी और आदमी भी ऐसी अफरातफरी में आ जा रहे थे कि जैसे उस जगह उनके अलावा कोई मौजूद न हो। एक और परेशानी हुई, भारत के समय की गणना के अनुसार तो मुझे शाम के तीन बजे न्यूयार्क पहुंचना था परन्तु यहां समय था रात के ढाई बजे।

"एयरपोर्ट पर अग्रिम पैसे जमा करके टैक्सी लेने की सुविधा थी। टैक्सी में बैठकर मैंने देखा कि टैक्सी ड्राइवर एक पहाड़ जैसा नीग्रो था। टी.वी. और अख़बारों में पढ़ा था कि नीग्रो बड़े खूंखार लोग होते हैं। फिर नए देश में मैं अकेला था। सर्दी का मौसम था, काली रात। बाहर बर्फ़बारी हो रही थी और भीतर टैक्सी में मेरे पसीने छूट रहे थे। टैक्सी सनबीम हाउसिंग सोसायटी के दरवाज़े पर रुक गई। मैं उतरा ही था कि टैक्सी तीर की तरह चली गई।

"सोसायटी के दरवाज़े पर जाकर देखा, कोई दिखाई नहीं दिया। बर्फ़ अब भी गिर रही थीं। अपनी समझदारी के अनुसार मैंने बहुत कपड़े लाद रखे थे परन्तु सर्दी में हड्डियां बजने लग रही थी। घंटी बजाई तो आवाज़ आई 'हूज देयर'। मुश्किल-से समझ आई कि यह पूछा जा रहा है कि कौन है?

"'आई एम शमशेर, फ़्लैट न. 118 बी, फोर्थ स्टोरी, मानसीज हसबैंड (मैं चौथे तल्ले, फ़्लैट न. 118 में रहने वाली मानसी का पति हूं)।'

"अपना आई.डी. कार्ड (पहचान-पत्र) स्लॉट में डालें।"

"आगे जो बात हुई उसे हिन्दी में बतला रहा हूं। 'मेरे पास आई.डी. कार्ड. नहीं है, मैं आज ही हिन्दुस्तान से आया हूं।'

"उसके बड़बड़ाने की आवाज़ आई। फिर दरवाज़ा अपने-आप खुल गया।

मैं डरता-डरता अन्दर गया। ट्यूब लाइट से पूरी बिल्डिंग और लॉन जगमगा रहे थे और बर्फ़ से ढंके हुए थे। अन्दर घुसकर मुझे यह समझ नहीं आया कि किस तरफ़ चलूं। फिर आवाज़ आई, 'अपने बाईं तरफ़ वाले निरीक्षण टॉवर में आ जाएं।'

"मैं निरीक्षण टॉवर में घुस गया, कमरा ख़ाली था परन्तु गर्म था। "अपना कोट उतारकर बर्फ़ झाड़कर अन्दर आ जाओ।" आवाज़ आई। मुझे यह सारा ताम-झाम कुछ तिलस्मी लग रहा था। मरता क्या न करता? ओवर कोट उतारकर अन्दर गया। उस कमरे में दो बन्दूकधारी नीग्रो गार्ड, एक अधेड़ नीग्रो औरत कम्प्यूटर कांउटर की मेंज पर बैठी थी। एक गार्ड ने मेरा पासपोर्ट देखा। इतनी देर में उस औरत ने मानसी को फ़ोन मिलाकर बात की, फिर मुझसे बात करवाई।

मानसी बोली, "मुझे ख़ुशी है कि आप घर पहुंच गए। फूड वारमर (खाना गरम रखने वाली मशीन) में होटल से आया खाना रखा है, आप खा लेना। अच्छा शुभरात्रि।" मैं कुछ बोलता, उससे पहले ही उसने फ़ोन रख दिया। अधेड़ औरत ने एक कॉफी मेरे पास रख दी। मैं चुपचाप कॉफी पीकर अपना कोट पहनकर सामान उठाकर फ़्लैट में आ गया। फ़्लैट की चाबी मुझे उस औरत से मिल गई थी।

"फ़्लैट काफ़ी गर्म था। मैंने अपने भारी कपड़े उतार दिए। एक सोफे पर लेटकर छत को देखता हुआ सोचने लगा और ख़ुद से बोला, "शमसेर कहां आ फंसा?" मेरी हालत बिलकुल वैसी थी जैसे सांप के मुंह में छंछूदर। खाना खाने का मन नहीं कर रहा था। डाइनिंग टेबल पर एक बड़ा-सा कार्ड था। लिखा था, "घर में स्वागत है।" उसके पास एक व्हिस्की की बोतल और गिलास रखे थे। मैंने दो पैग लगाए और सो गया।

अगले दिन फ़ोन की घंटी से नींद खुली। फ़ोन उठाया तो मानसी थी, "हैलो! सुप्रभात। कैसे हो?"

"ठीक हूं।"

"आप दो-तीन दिन आराम करें। मैंने एक डिपार्टमेंटल स्टोर के मालिक से नौकरी की बात कर रखी है। उससे मिल लेना। उसका पता टेबल लैम्प के पास रखा है। किसी चीज़ की आवश्कता हो तो बताइए या फिर टेबल पर पड़ी डायरी में पते लिखे हैं, घर पर सामान देकर जानेवालों के। फ़ोन करके मंगा लेना। होटल-वाले को मैंने बोल रखा है, जो खाना आप चाहेंगे दे जाया करेगा। अच्छा मैं फ़ोन रखती हूं, डॉलर भी रखे हैं दराज में। चाबी बाथरूम में तौलिए के नीचे है।"

"खाना होटल से आ जाता था। मैं टी.वी. देखता रहता और सो जाता। मानसी का फ़्लैट क्वींस आईलैंड, जो न्यूयार्क के एक सस्ते रिहायशी इलाक़े में था। उसमें भी एक जमैका नाम की जगह है, जो देखने में एक छोटा हिन्दुस्तान है, वहां था उसका फ़्लैट। क्वींस आईलैंड में ज़्यादा आबादी काले लोगों की है। मैं लगभग दो घंटे के सफ़र के बाद वुडलॉन नामक जगह पर पहुंच गया। वहां फ्रांस कंट्री शॉपिंग सेंटर में वायर लैस नाम से एक स्टोर था जिसके मालिक थे मिस्टर घई। वे लगभग चालीस वर्ष पहले फरीदाबाद से आकर यहां बसे थे। मैं उनसे मिला। मानसी ने उनसे बात कर रखी थी। मिस्टर घई ने मुझे काम पर रख लिया। मेरी तनखा थी छः डॉलर प्रति घंटा यानी दिहाड़ी पर नहीं मैं घंटावार मज़दूर था। दस घंटे काम करना था मुझे। पहले दिन मिस्टर घई ने मुझे तरसेम नाम के एक पंजाबी लड़के को सौंप दिया काम समझाने के लिए। वायरलैस एक सैलफ़ोन वितरण केन्द्र था, जहां सैल फ़ोन प्रीपेड कार्ड, चार्ज कार्ड या मासिक किराए वाले कनेक्शन दिए जाते थे। मेरा काम था सेल्समैन द्वारा दिया गया विवरण, कम्प्यूटर में फ़ीड करना। मैं चूंकि कम्प्यूटर इंजीनियर था इसलिए कोई मुश्किल पेश नहीं आई समझने में। तरसेम लुधियाना का रहने वाला था और जमैका में रहता था। शाम को हम दोनों पैदल चलकर भूमिगत रेलवे स्टेशन पर आ गए। दो ट्रेन बदलकर दो घंटे में जमैका पहुंच गए। स्टेशन से फिर हम पैदल चलकर तरसेम के कमरे में पहुंच गए। तरसेम एक छोटे से कमरे में अपने तीन साथियों के साथ रहता था। दो तरफ़ ऊपर नीचे उनके बिस्तर थे, जैसे ट्रेन में होते हैं। एक छोटी-सी रसोई और एक छोटा-सा बाथरूम था। जिस समय हम कमरे में

पहुंचे, उसके दो साथी काम पर जाने के लिए तैयार होकर खाना खा रहे थे। उनका कमरा मुझे अपने शहर के रहने वाले बिहारियों के क्वार्टर-सा लगा। उसी कमरे के एक कोने में खाने की मेज थी जिसपर बैठकर वे दो जवान लड़के खाना खाकर बाहर निकल गए थे। तरसेम रसोई से व्हिस्की निकाल लाया और मुझसे बिना पूछे दो गिलासों में डालकर एक गिलास मुझे पकड़ा दिया। दूसरा पैग शुरू होने पर मैंने पूछा, "तरसेम, कितने दिन हो गए तुझे यहां आए?"

"तीन साल"

"कितने पढ़े हो?"

वह मलिन-सी हंसी हंसकर बोला, "एम.बी.बी.एस.।"

मैने चौंककर पूछा, "सच?"

वह बोला, "हां।"

"फिर यह नौकरी।"

तरसेम बोला, "मैं यहां पर विजिटर वीजा पर आया था, यह वीजा छः महीने का मिलता है। फिर मैं वापिस गया ही नहीं। जब तक ग्रीन कार्ड या नागरिकता प्रमाणपत्र नहीं मिलता मेरा यहां रहना ग़ैर-क़ानूनी है। फिर नौकरी कैसे मिले? जो नौकरी मैं और मेरे जैसे करते हैं, वह भी ग़ैर-क़ानूनी है। हमें नौकरी देना भी ग़ैर-क़ानूनी है। यह बात मिस्टर घई और उनके जैसे सभी जानते हैं। परन्तु वे हमें काम पर रख लेते हैं, क्योंकि हम सस्ते पड़ते हैं। मुझे चार डॉलर प्रतिघंटा मिलते हैं, जबकि मेरे वाला काम किसी ग्रीन कार्ड वाले से करवाएं तो दस डॉलर प्रति घंटा देने पड़े और आपका छः डॉलर देने की बात कही है, उसी काम के ग्रीन कार्ड वाले को पन्द्रह-बीस डॉलर प्रति घंटा देने पड़ते हैं।"

"परन्तु तुम कितने दिन यूं ही रहोगे?" मैं बोला।

"मेरा मुक़दमा नागरिकता हेतु कोर्ट में है, जब तक फ़ैसला नहीं हो जाता।"

"कितने दिन में फ़ैसला होता है।"

"कुछ नहीं कहा जा सकता। उस नेपाली थापा को आए सात वर्ष हो गए, अब तक फ़ैसला नहीं हुआ।"

"यूं मन लग जाता है," मैं बोला।

"डॉक्टर तरसेम फिर मैली-सी मुस्कान लाकर बोला, "चारा क्या है, वापिस गए तो जगहंसाई होगी। तब तो डालरों की चमक खींच लाई, अब बुरे हाल हैं पर क्या करें।"

"मैं खामोश हो गया। फिर पैग ख़त्म करके उठकर चलने लगा तो तरसेम बोला, "खाना खाकर जाना।"

"परन्तु मेरा मन नहीं माना और फिर कभी खाने की बात कहकर उठ आया।

"अपने या मानसी के फ़्लैट में आकर मेरी सांस में सांस आई। यह फ़्लैट दो बैडरूम, एक लिविंग रूम, दो बाथरूम, किचन वाला काफ़ी बढ़िया फ़्लैट था और मानसी एक औरत थी। औरत और छड़े आदमी के घर में अन्तर होता है। मैं और तरसेम रोज़ नौकरी पर इकट्ठे जाते और इकट्ठे आते। इस पूरे महीने मैं अकेला था। तरसेम से कुछ दोस्ती-सी हो गई थी। ट्रेन के चार घंटे के संफर में उस जैसे ग़ैर-क़ानूनी बाशिन्दों की दुख की बहुत-सी बातें सुनीं। तरसेम ने बताया कि यहां खाने-पीने की सब चीज़ें सस्ती हैं, डिब्बा बन्द जूस, मिनरल वाटर से सस्ता है परन्तु चिकित्सा बड़ी मंहगी है। उसने बताया कि यह नेपाली थापा पहले लॉस एंजेलिस में था। वहां उसका एक्सीडेंट हो गया। यह अस्पताल पहुंचा दिया गया। अस्पताल में यहां पहले पैसे नहीं जमा करवाते। पहले आपका इलाज सही ढंग से किया जाता है। फिर अस्पताल से छुट्टी भी कर दी जाती है। उसके बाद अगर आपका बीमा है तो बिल बीमा कम्पनी को भेजा जाता है, नहीं तो डाक से आपके घर भेज दिया जाता है। यह थ. ापा तो ठीक होकर लास एंजिलस से भाग आया। नाम भी इसने अस्पताल में ग़लत लिखवा दिया था। इसलिए बिल देने से बच गया।

मैंने पूछा, "क्या पकड़-धकड़ नहीं होती?" तरसेम बोला, "आमतौर पर नहीं होती, परन्तु अस्पताल में आपकी फोटो, उंगलियों के निशान आदि होते हैं।" कभी-कभी कोई न कोई पकड़ा भी जाता है, परन्तु इस बात पर यहां क़ैद नहीं होती। मगर जब यहां की नागरिकता मिल जाती है तो आपके वेतन से रकम कटनी शुरू हो जाती है, नहीं तो अस्पताल इसको बट्टे-खाते में डाल देता है। वे लोग अपनी बदनामी नहीं चाहते।

"यह बात मैंने डिपार्टमेंटल स्टोर में भी देखी। अगर किसी बच्चे से स्टोर की कोई चीज़ टूट जाती है तो मालिक बच्चे या उसके पिता से उसकी भरपाई नहीं करवाते। इसके विपरीत उनसे माफ़ी मांगते हैं कि चीज़ ग़लत जगह रखी थी और अगर बच्चे को चोट लग जाती है तो तुरन्त हरजाना भरने को तैयार रहते हैं। चिकित्सा की तरह वहां मुक़दमा लड़ना भी बहुत महंगा है। इसलिए लोग अदालत से बाहर आपस में फ़ैसला करना ज़्यादा पसन्द करते हैं। एक दिन तरसेम गायब हो गया। स्टोर पर नहीं आया। उसके कमरे पर गया तो उसके साथियों को उसका अता-पता नहीं था या मुझे नहीं दिया।

"तरसेम के जाने के दो दिन बाद मानसी लौट आई। उसका व्यवहार गर्मजोशी वाला तो नहीं था, परन्तु स्नेहिल था। उसने अपने बाहर रहने की मजबूरी बताई और कहा कि ऐसा यहां आम बात है। कुछ दिनों में आप भी यहां रच-बस जाएंगे।

"मैं अभी मिस्टर घई के वायरलैस स्टोर पर ही काम करता था। रोज़ भूमिगत रेल पकड़कर दो घंटे का सफ़र करता था। बीच में एक जगह ट्रेन बदलनी पड़ती थी। ट्रेन कभी भूमिगत, कभी समुद्र में, सुरंग में तो कभी धरती पर दौड़ा करती। बाहर चारों तरफ़ बर्फ़ की चादर ढंकी रहती थी। एक बात कहनी पड़ेगी कि अमेरिका में समय की पाबन्दी ऐसी है कि ट्रेन ठीक वक़्त स्टेशन पर पहुंचेगी। चार बजकर पांच मिनट यानी चार बजके पांच मिनट ही।

"मुझे अमेरिका में रहते लगभग एक साल हो गया था। अब मैं एक टेक्नीकल इंस्ट्रक्टर था एक कम्पनी में। अच्छा वेतन था। घर में थे। मैं

और मानसी प्रेम से ही रहते थे परन्तु यह प्रेम पति-पत्नी वाला नहीं था। दो समझदार दोस्तों का था। हम दोनों शरीर से पति-पत्नी ज़रूर थे परन्तु मन घुलने-मिलने वाली बात नहीं थी। एक दूरी-सी बनी रहती थी हमारे बीच। क्यों बनी रहती थी, किसका कसूर था या किसका नहीं? कहना बड़ा मुश्किल है। हम दोनों ऐसे रहते थे, जैसे हॉस्टल की डोरमेटरी में दो व्यक्ति रहते हैं। एक-दूसरे का सम्मान करते हैं, ख़याल रखते हैं। दुख-सुख में काम आते हैं, लेकिन जैसे रास्ते दोनों के एक होते हुए भी मंजिल अलग-अलग हों।

"कई बार मानसी का दफ़्तर से फ़ोन आता कि वह अपने दोस्त के साथ सप्ताहान्त पर जा रही है और सोमवार सवेरे दफ़्तर जाकर शाम को ही घर आएगी। जब कभी मैंने पूछा कि किसी दोस्त के साथ गई थी कि सहेली के साथ, तो वह हंसकर कहती, "शमसेर इंडिया वाली सोच यहां नहीं चलती। जितना जल्दी हो सके इस सोच को बदल लो।"

"ऐसा कई बार हुआ था कि मैं उसके दफ़्तर में फ़ोन करता, पता लगता कि वह छुट्टी पर है। जब मैं पूछता तो वह कहती दफ़्तर के काम से गई थी। महीने में कम-से-कम दो रविवार ऐसे बीतते कि वह घर नहीं रहती। मैं पूछता, कहां गई थी? तो शुरू में वह बहाने बना देती कि मैं अपनी एक दोस्त के साथ वीकेंड पर गई थी। जब मैं कहता कि वीकेंड मेरे साथ नहीं मनाया जा सकता। मैं तुम्हारे साथ तुम्हारी सहेली के घर नहीं जा सकता। इस पर वह या तो चुप हो जाती या फिर कहती, "शमशेर, यह हिन्दुस्तान नहीं है कि औरत गुलामी करे। मेरा हक़ है कि मैं अपने दिन कैसे बिताऊं और तुम्हें हक़ है कि तुम अपने दिन कैसे बिताओ? और फिर मैं महीने में दो वीकेंड तो तुम्हारे साथ भी बिताती हूं।"

"मेरी समझ में उसकी बात, उसका व्यवहार बड़ा उलझन-भरा था। उसके व्यवहार में कोई कमी नहीं थी। वह बड़ी समझदार युवती थी, घर ख़ुद संभ. ालती थी। यूं तो वहां नौकर-चाकर मिलते नहीं। पार्ट टाईम, ठेके पर काम करने वाले लोगों को कम्पनियां भेज देती हैं। वे घर की सफ़ाई, फ़र्नीचर की झाड़-पोंछकर जाते हैं। कभी कोई पार्टी हो तो खाना खिलाने के लिए भी

आ जाते हैं। आमतौर पर लोग घरों में पार्टी कम ही करते हैं और अगर करते भी हैं तो मेहमान भी खाना लगवाने के बाद अपने-अपने बरतन साफ़ करने में सहायता भी करते हैं। यह रिवाज है। यहां की तरह हाथ-पर-हाथ रखकर मेहमान बनकर नहीं बैठते और भी कई अच्छी बाते हैं उस देश की। अगर आपको किसी से मिलने जाना हो तो पहले फ़ोन करके उसकी सुविधा के मुताबिक वक़्त मुकर्र करके जा सकते हो। यहां की तरह मेहमान वहां आंधी के बेरों की तरह नहीं आ टपकते। मियां-बीवी भी अपने-अपने काम ख़ुद करते हैं। यहां वाली मरदानगी वहां नहीं चलती कि खाना खाकर मर्द तो पैर पसारकर बीड़ी-सिगरेट पीएं और औरत रसोई में खटती फिरे।

"खाना भी तक़रीबन सारा डिब्बाबन्द मिलता है। फ्रिज में भर लो और फिर गर्म करो और खाओ। और मन हो तो ठंडा ही खाओ। वहां पौष्टिकता पर ज़ोर है, स्वाद पर नहीं। शुरू-शुरू में तो डिब्बाबन्द खाना मुझे बड़ा बकबका लगता था, परन्तु फिर मैं भी खाने को वाईन के साथ भीतर धकेलने लग गया था।

"हिन्दुस्तानी खाना चाहो तो अपने-आप बनाओ या फिर हिन्दुस्तानी रेस्तरां में जाकर खाओ। कभी-कभी कोई यार-दोस्त भी बुलाकर ख़ास हिन्द. ुस्तानी खाने की दावत दे देता है परन्तु ये दावत एक हाथ ले, दूसरे हाथ दे के आधार पर होती हैं। यहां की तरह हातिमताई वहां नहीं मिलते कि तुम तो खा आओ, मगर किसी को न बुलाओ। वहां बही-खाते जैसा हिसाब चलता है। अगर किसी ने आपको बुला लिया तो अब आपकी बारी है। आप उसको बुलाएं। नया जाने वाला आदमी तो बिल्कुल उलझ जाता है इस व्यापार सरीखे व्यवहार से।

"एक और अच्छी बात है, वहां के अड़ोसी-पड़ोसी या साथ काम करने वाले आपकी व्यक्तिगत ज़िन्दगी में कोई दखल नहीं देते और न ही चाहते हैं कि कोई उनकी जिन्दगी में दखल दे। हमारे हिन्दुस्तानी तो वहां जाकर भी अपनी ताक-झांक की आदत नहीं छोड़ते।

"हां, तो मैं बतला रहा था कि मानसी के व्यवहार में और कोई कमी

नहीं थी। बड़ी हंसमुख औरत थी और थी भी बड़ी चुस्त और सुघड़। उसको वहां रहते सात-आठ वर्ष हो गए थे।

"उसने एक घर किश्तों पर ख़रीद लिया था। कार तो तक़रीबन वहां जाते ही हर व्यक्ति को ख़रीदनी पड़ती है। उसके बिना वहां गुज़ारा नहीं हो सकता। बाकी तो वहां सब ठीक-ठाक चल रहा था, परन्तु मैं उसकी इस लुकाछिपी से परेशान था। पति-पत्नी के बीच में कोई लुकाछिपी भी रह सकती है, यह बात गले से नीचे उतारना हिन्दुस्तानी मर्द के बस की बात नहीं होती है। यह मुझे अब महसूस होने लगा था। मेरी भी नौकरी नयी थी। छुट्टी मिलनी मुश्किल थी, नहीं तो मैं उसकी जासूसी कर लेता।

"नौकरियों की बात भी वहां बड़ी अलग है। जैसे मैं वहां कम्प्यूटर पर काम किया करता था। अगर मैं कम्प्यूटर के की-बोर्ड से उंगली हटा लेता, तो कम्प्यूटर की घड़ी चालू हो जाती कि मैंने कितनी देर काम छोड़ा है। वहां काम छोड़ने की अवधि तय रहती है कि सारे दिन में यानी लगभग दस-बारह घंटे में खाने के वक़्त को छोड़कर मुश्किल-से चालीस मिनट के लिए हाथों को आराम देने, बाथरूम वग़ैरह जाने के लिए मिलते हैं। इससे अधिक वक़्त होने पर चेतावनी मिल जाती है। तीन चेतावनी हर महीने की सीमा है। उससे अधिक होने पर वेतन कट जाता है और दस चेतावनी से अधिक होने पर नौकरी से छुट्टी। अगर तबीयत ख़राब हो जाए तो फ़ौरन छुट्टी लेना बेहतर है। फरलो मारने की तो बिलकुल भी गुंजाइश नहीं है वहां। कमाई तो है वहां, परन्तु पसीना नहीं, ख़ून बहाकर कमाई होती है। और तो और सड़क बनाने की मशीन, रोड़ी-मिक्सचर बिछाने वाली, क्या कहते हैं उसे धरती-धकेल के केबिन भी वातानुकूलित होते हैं।

"ख़ैर! मैं एक शुक्रवार को मानसी को बतलाए बिना दफ़्तर से छुट्टी लेकर और एक सहकर्मी की कार लेकर उसका पीछा करने लगा। मेरी क़िस्मत पता नहीं अच्छी थी या बुरी। उस दिन वह दफ़्तर से निकलकर, घर न आकर, शहर से बाहर जा रही थी। उसका पीछा करने पर मुझे पता लगा कि वह किसी बोर्डिंग स्कूल में गई है। कार पार्क करके वह अन्दर चली गई। मैंने

अपनी कार कुछ दूरी पर रोक ली। लगभग आधे घंटे बाद वह एक पांच-छः साल के नीग्रो लड़के को लेकर बाहर आई। उसने लड़के का बैग अपनी पीठ पर लाद रखा था। वह लड़का और मानसी बड़े ख़ुश नज़र आ रहे थे। बड़ी मस्त चाल से चलते, बोलते-बतियाते नज़र आ रहे थे। वे मानसी की कार की तरफ़ आ रहे थे। कार खोलकर मानसी ने पहले बैग अपनी कार की पिछली सीट पर रख दिया। फिर लड़के को गोद में ले लिया। लड़का उससे बड़े प्यार से चिपट गया। उसने कई बार लड़के का माथा और गाल चूमे। फिर अगली सीट पर बैठाकर बेल्ट कस दी। फिर आप ड्राइवर की सीट पर बैठकर गाड़ी चला दी। मैं उनके पीछे-पीछे था। गाड़ी चलाकर वे दोनों शहर से बाहर एक पिकनिक स्थल पर पहुंचे। पिकनिक स्थल पर एक मोटेल भी था। सराय में कमरा लेकर, सामान कमरे में रखकर वे तैराकी के कपड़ों में बाहर आए और तरणताल की तरफ़ चल दिए। मैंने भी गाड़ी पार्किंग में खड़ी की और सराय के रिसेप्शन पर आकर एक कमरा ले लिया। सराय के रजिस्टर में अपना नाम दर्ज करते वक़्त मैंने पढ़ा कि उसने अपना नाम दर्ज किया था - मानसी एवं पुत्र नरेन विलियम।

"मुझे एक झटका लगा। एक बार तो मन किया कि तरणताल में जाकर उसे पकड़कर पूछं कि माजरा क्या है? हिन्दुस्तान होता तो मैं क्या हर पुरुष, हर पति यही करता और क्या पता घरवाली को लात-घूंसों से धुन भी देता परन्तु अमेरिका में ऐसा करना आफत बुलाना था। मैं इस जैसे क़िस्से का चश्मदीद गवाह रहा हूं। हमारी सोसायटी में तीन-चार परिवार ऐसे थे जो हिन्दुस्तान-पाकिस्तान और बंगलादेश से आए हुए थे। यूं हमारा उनके साथ कोई विशेष मेल-जोल नहीं था परन्तु एक बार रात को क़रीब दो बजे हमारे फ़्लैट की घंटी बजी। उस दिन मैं घर में अकेला था। दरवाज़ा खोला तो पाया कि एक जवान औरत सलवार-कमीज पहने खड़ी थी। उसके मुंह पर सूजन थी। मानो उसे पीटा गया हो। उसने पूछा, 'क्या मैं अन्दर आ सकती हूं?'

"एक बार तो मैं डर गया कि कहीं कोई बखेड़ा न हो जाए परन्तु फिर उसका चेहरा देखकर दया आ गई। बोला, 'आ जाइए।'

"उसे लॉबी में बैठाकर पानी की बोतल दी। दो घूंट भरकर उसने बोतल मेज पर रख दी। फिर बोली, 'भाई जान! तकलीफ के लिए माफ़ी चाहती हूं। मगर मेरे सामने और कोई रास्ता नहीं था, सिवाय आपके पास आने के। मेरा नाम फातिमा है, मेरे शोहर का इरफ़ान। हम छः महीने पहले इस सोसायटी में आए थे। इरफ़ान यहां पांच साल से नौकरी पर है। हमारा निकाह छः महीने पहले रावलपिंडी में हुआ था। फिर हम यहां आ गए। इरफ़ान बिजली इंजीनियर है और मैं गणित में पोस्ट ग्रेजुएट हूं। टीचिंग कोर्स कर रखा है। आज रात मैंने इरफ़ान को कह दिया कि मैं घर में अकेली बोर हो जाती हूं। नौकरी के लिए अर्जी दे दूं। इरफ़ान दोस्तों के साथ बाहर से शराब पीकर आया था। सुनते ही मुझे पीटने लगा। उसके होश-हवास काबू में नहीं थे। उसे सुध नहीं थी कि इतना पीटने से मैं मर भी सकती हूं। जब वह रुका ही नहीं तो मैं बड़ी मुश्किल-से दरवाज़ा खोलकर भागी। वह हॉकी लेकर मेरे पीछे-पीछे आया तो मैं लॉन में आ गई। वह वहां भी मुझे हॉकी से पीटने लगा। सुरक्षा गार्डों ने मिलकर मुझे छुड़ाया और पुलिस को फ़ोन कर दिया। पुलिस आकर उसे पकड़कर ले गई। मैं आज तक अकेली बाहर नहीं निकली हूं। सोसायटी की सूची में आपका नाम पढ़ा तो लगा आप हिन्दुस्तानी हैं, शायद मेरी मदद करें।' यूं कहकर फातिमा फूट-फूटकर रोने लगी।

"मरता क्या न करता? मैं फातिमा के साथ पुलिस स्टेशन गया। इरफ़ान की जमानत करवाकर लाया। पुलिस के सामने तो वह चुप रहा, कुछ नहीं बोला। चुपचाप फातिमा के साथ पिछली सीट पर बैठ गया परन्तु कार चलते ही वह फिर फातिमा को गाली देकर पीटने लगा। 'हराम की औलाद, तू अपने यार, इस काफ़िर के साथ ही रहना। मैं तुझे तलाक दे दूंगा।' मैंने कहा, 'मैं गाड़ी वापिस मोड़कर पुलिस स्टेशन चलता हूं।'

यह सुनकर इरफ़ान को सांप सूंघ गया। उनको उनके फ़्लैट में छोड़कर मैं बोला, 'यदि फिर हाथ उठाया तो पुलिस को बुलवा लूंगा।'

"दो दिन बाद वे सोसायटी छोड़कर चले गए। फिर पता नहीं लगा उनका क्या हुआ।

"बस यह बात याद करके मैं चुप हो गया। नहीं तो मैं पता नहीं क्या कुछ कर बैठता। उस रात तो मैं उस सराय में रहा। फिर अपने फ़्लैट में वापिस आ गया, क्योंकि वहां कुछ कहना ठीक नहीं लगा। पता था कि मानसी अब सोमवार को दफ़्तर की ड्यूटी करके वापिस आएगी।

"जब सोमवार को दफ़्तर से वापिस आया तो मानसी घर पर थी। मैंने यह देखा कि जब भी वह सप्ताहान्त बाहर बिताती थी तो सोमवार को कुछ अधिक प्रेम जताने लगती थी। आज भी वह खिली हुई थी। खाना भी हिन्दुस्तानी पका रखा था। खाने की मेज सजी हुई थी। मेज पर मोमबती जल रही थी और बिजली गुल थी। मैं बाथरूम चला गया, तरोताजा होने का बहाना करके। तरोताजा क्या होना था? पहले जब ऐसा मौक़ा होता तो मुझे शक हुआ करता कि सप्ताहान्त वह अपने किसी प्रेमी के साथ बिताकर आती है और मैंने किसी किताब में पढ़ा था कि जब औरत या मर्द बाहर रात बिताकर आकर अपने जीवन-साथी में अधिक प्यार जताए तो सावधान हो जाना चाहिए कि उसका ग़लत सम्बन्ध हो गया है। वह अपनी ग़लती को ढंकने के लिए ज़रूरत से अधिक प्यार दिखाते हैं। उनमें एक अपराध-बोध अपने साथी को धोखा देने का होता है परन्तु आज मुझे पता था कि वह कहां गई थी। यह नरेन विलियम कौन है? मानसी ने उस सराय में उसको अपना बेटा दर्ज क्यों कराया? मैं इन सवालों का जवाब जानना चाहता था।

"मैंने सोचा कम-से-कम यह किसी पर-पुरुष के साथ नहीं जाती। फिर उसकी और अपनी शाम क्यों ख़राब करूं? कल पूछ लूंगा। मैं बाथरूम से बाहर आया तो मानसी पारदर्शी नाइटी में थी। नाइटी की बनावट अरबी बेली डांसर जैसी थी। मोमबतियों की रोशनी में वह बड़ी हसीन लग रही थी। उसने आगे बढ़कर मुझे अपनी बांहों में भर लिया। उसकी छुअन ने मेरे शरीर को झकझोर दिया। कुछ देर हम लिपटे रहे, फिर खाने की मेज पर आ गए। मानसी ने दो गिलासों में वाईन डाल ली। उसने मेरी व्हिस्की छुड़वा दी थी। ख़ैर! खाना खाकर हम बिस्तर में आ गए। हम पति-पत्नी थे। प्रेम-प्यार करना सहज स्वाभाविक था। आज मानसी और दिनों से अधिक उत्तेजित और प्रेमिल थी। कुछ देर बाद मानसी के खर्राटे बजने लगे परन्तु मेरी नींद कोसों दूर थी।

मैं सोती हुई मानसी को देख रहा था। वह निश्चिन्त होकर मुझसे लिपटकर सो रही थी। उसका एक हाथ मेरी छाती पर था। वह बहुत भोली-मासूम नज़र आ रही थी। मुझे उसपर प्यार आ रहा था। मैं अमेरिका मात्र उसकी वजह से आ पाया था। वह भी उस वक़्त जिस वक़्त मैं बहुत परेशान था। कोई रास्ता नज़र नहीं आ रहा था। यहां मेरी नौकरी थी, घर था। अच्छी कमाई थी। सुन्दर, जवान, कमाऊ बीवी थी। सोचते-सोचते मुझे भी नींद आ गई। सुबह अलार्म की आवाज़ से उठा तो मानसी पहले ही नौकरी पर जा चुकी थी। उसका दफ़्तर मेरे दफ़्तर से कोसों दूर था, इसलिए वह मुझसे एक घंटा पहले चली जाती थी। यह रोज़ की बात थी। मैं उठा, उठकर कॉफी बनाई। कॉफी पीते-पीते मैं फिर नरेन विलियम और मानसी के रिश्ते के बारे में सोचने लगा। आदमी की फितरत कुछ ऐसी होती है कि जिज्ञासा को दबाना उसके वश में नहीं होता। प्रेम, क्रोध, घृणा पर वश पाया जा सकता है परन्तु जिज्ञासा पर और वह भी अपनी पत्नी या पति के क़िस्से और रिश्ते पर भी जिज्ञासा दबा पाना कतई संभव नहीं होता। मैंने मानसी की अलमारी के खाने की तलाशी ली। मुझे कुछ हाथ नहीं लगा।

“थककर मैं दफ़्तर आ गया परन्तु काम करने में मन नहीं लग रहा था। वहां कम्प्यूटर पर मुझे महीने में चार चेतावनी पहले ही मिल चुकी थी। सो, चौकन्ना होकर काम करने लगा। दफ़्तर की छुट्टी होने के बाद मैं घर न जाकर एक मयखाने में चला गया। बार का अजब नजारा था। हर उम्र के स्त्री और पुरुष वहां थे। ज़्यादातर गोरे और काले थे। एशियन तो मुझे वहां कोई दिखाई ही नहीं दिया। एक बार तो घबराहट हुई, परन्तु फिर बार के स्टूल पर बैठ गया। वहां साकी का काम दो गोरी औरतें और एक नीग्रो कर रहे थे। हालांकि मैंने पहले ऑर्डर दिया था। मेरे बाद दो गोरे आए। उन्होंने आंख मटकाकर अधेड़ औरत से मज़ाक़ किया। उसने मुंह भी बिचकाया परन्तु व्हिस्की पहले उनको ही दी। काफ़ी देर बाद वही अधेड़ औरत मेरे आगे व्हिस्की का पैग रख गई। रख क्या गई, पटक गई कहना ठीक है। मैंने व्हिस्की पीनी शुरू की और मानसी व नरेन विलियम के बारे में सोचने लगा। वहां बैठे-बैठे मैं तीन-चार पैग व्हिस्की के पी गया। मुझे नशा हो गया था, लेकिन मेरे जेहन

से नरेन बिलियम बाहर नहीं निकल रहा था। शराब पीकर मयखाने से बाहर निकलने लगा तो एक हट्टे-कट्टे गोरे से टकरा गया जो अन्दर आ रहा था। वह जल्दी में था। कसूर उसी का था। फिर भी मैं बोला, 'सॉरी!'

"उसने मेरा कॉलर पकड़ लिया और बोला, 'वट सॉरी नॉनसैंस? यू रास्कल, यू डांट हैव एटीकेट्स एंड यू ब्लडी बास्टर्ड, एशियन डॉग्स हैव कि. डनैपड् अवर जॉब्स! (एश्यिन कुत्तो, तुम्हें तमीज नहीं है और हमारी नौकरियां छीन रहे हो।)" ऐसा कहकर उसने मुझे एक घूंसा मारा! मैं भी नशे में था। मैंने उसको धक्का दे दिया। वह फर्श पर जा गिरा। उसके गिरते ही दो-तीन मुस्टंडे गोरे मेरे ऊपर टूट पड़े। मुझे पीटने लगे। अगर वह काला बॉर टेंडर नहीं बचाता तो मेरा बुरा हाल हो जाता। शायद मैं मर भी जाता। मुझे छुड़ाकर वह मुझे कार तक छोड़कर गया और बोला, 'जेंटिलमेन! डैश टू यूअर डेस्टीनेशन बिफोर दे कम अगेन (भले आदमी! इससे पहले कि वे फिर आएं, अपने घर दौड़ जाओ)।'

"मैं बोला, 'थैंक्स' और कार चला दी। किस तरह घर पहुंचा, पता नहीं चला। जब मैं घर पहुंचा तो मानसी सो रही थी। दरवाज़े खुलने की आवाज़ से वह जाग गई। मेरे फटे कपड़े और मुझे नशे में देखकर वह घबरा गई। मेरे कपड़े उतारने में मेरी सहायता करने लगी। पूछने लगी, 'क्या हुआ?' मेरा नशे में बुरा हाल था। मुझे नींद आ रही थी। मेरे मुंह से निकल गया, 'दिस इज आल ड्यू टू नरेन विलियम'(यह सब नरेन विलियम की वजह से हुआ) एक बार तो उसके हाथ जहां थे, वहीं रुक गए। फिर उसने मुझे बिस्तर में लिटा दिया। उसके बाद मुझे कुछ नहीं पता, मुझे नींद आ गई थी। सुबह उठा तो सारा शरीर दुख रहा था और दिल, दिमाग़ के उससे भी बुरे हाल थे। दफ़्तर फ़ोन करके छुट्टी ली और सोचने लग गया। अब मुझे नरेन विलियम से ज़्यादा वे गोरे मुस्टंडे याद आ रहे थे। हिन्दुस्तान में रहते हुए अख़बार में पढ़ा था कि हम यहां अमेरिका में दोयम दर्जे के शहरी बनकर रहते हैं परन्तु फिर भी हमारे जैसे नौजवानों के दिमाग़ में फतूर रहता है यूरोप-अमेरिका आने का।

"मेरे दफ़्तर में केरल के एक अधेड़ मिस्टर नारायण स्वामी काम करते

हैं। वे कम्पनी के वाइस प्रेजिडेंट हैं। बड़ा ऊंचा ओहदा है। उन्होंने ही मेरा इंटरव्यू लिया था। इंटरव्यू अच्छा रहा था परन्तु फिर वे बोले थे कि 'मिस्टर शमशेर! आपका चयन तो हो गया है परन्तु चूंकि आप हिन्दुस्तानी हैं और मैं भी हिन्दुस्तानी, इसलिए अपने बॉस से भी आपका इंटरव्यू करवा देता हूं। कभी वे ये ना सोचें कि मैंने आपकी लिहाज की है।'

"उनका बॉस एक अमेरिकन गोरा था। उसने भी मेरा इंटरव्यू लिया। इंटरव्यू के बाद उसने मुझसे हाथ मिलाकर कहा, 'बधाई हो, अब आप हमारी संस्था के सदस्य हो गए हैं।' उस वक़्त मुझे लगा था कि हम हिन्दुस्तानी यूं ही डरे रहते हैं। परन्तु धीरे-धीरे मेरे विचार भी बदल गए थे। मिस्टर नारायण ा स्वामी से मेरी कई बार मुलाकात हुई थी। वे मुझपर स्नेह भी रखते थे। एक बार उन्होंने मुझसे पूछा था कि मैं अमेरिका क्यों आया? जब मैंने कहा 'यहां अधिक संभावनाएं हैं' तो वे मुस्काए थे। और बोले थे, 'मैं भी यूं ही समझ रहा था। कमाई के ये डॉलर किसी काम के नहीं है, जब दूसरे दर्जे के शहरी बनकर रहते हैं और कोई इज़्ज़त नहीं मिलती। कम कमाकर भी अपने देश में ही रहना ठीक होता है।' मैं बोला, 'अब तो आपके पास बहुत धन है, अब आप वापिस क्यों नहीं चले जाते?'

"वे कहने लगे, 'शमशेर इतना आसान नहीं है। पहले तो बच्चे जाने को तैयार नहीं, फिर मेरी पत्नी भी जाकर ख़ुश नहीं है। उसे यहां जो आजादी खाने-पीने, पहनने की है, वह क्या हिन्दुस्तान में रहेगी। वहां न तो यह जींस, स्कर्ट पहन सकती है, ना वाईन, व्हिस्की पी सकती है। भला वह क्यों जाएगी वहां!' यूं कहकर वह मायूस हो गए थे। उस वक़्त मुझे लगा था कि यह उसकी बुढ़भस भर है परन्तु आज पहली रात को बॉर में हुआ हादसा, फिर मानसी का व्यवहार, नरेन विलियम की बातें, फिर मुझे जख्मी को छोड़कर उसका काम पर चला जाना। सब-कुछ सोचकर मैं हिल गया था।

"सारी देह दुख रही थी। सोचा कि कॉफी बनाकर और पी लूं। किचन में गया तो वहां एक चिट चिपकी थी, "एक सप्ताह के लिए बाहर जा रही हूं। मानसी।" पढ़कर मेरा दिमाग़ घूम गया। यह कैसी औरत है जिसे पति की चिन्ता नहीं है परन्तु क्या करता, कॉफी बनाकर वापिस बिस्तर में घुस

गया। पेनाडोल की गोली खाकर बिस्तर में पड़ा रहा। विचारों का तांता लग गया। बड़ा अकेला महसूस करने लगा। सारी ज़िन्दगी फ्लैश-बैक की तरह आंखों के आगे घूम गई। कैसे पिताजी ने हम दोनों भाइयों को शिक्षा दी - सीमित साधनों में अपना पेट काटकर। यही नहीं, उनका योगदान हमारी पढ़ाई में भी कम नहीं था। फ़ौजी होते हुए भी उनकी साहित्य में बहुत रुचि थी। मुझे पहले-पहले जो बात याद आई, वह यह थी कि एक बार पिताजी फ़ौज से दो महीने की छुट्टी लेकर आए हुए थे। उस वक़्त हम पढ़ाई के लिए झार आकर रहने लगे थे। कोई ढोर-डांगर भी नहीं रखते थे। पिता जी जब छुट्टियों में आते तो हमें पढ़ाया भी करते। उस दिन स्कूल में काम मिला था। गाय पर प्रस्ताव लिखकर लाना था। पिताजी मुझे तबेले में लेकर गए। वहां भैंस दिखाकर बताया कि सींग किस काम आते हैं, पूंछ किस काम आती है। थन किस काम आते हैं? मेरे प्रस्ताव पर मुझे सबसे अधिक नम्बर मिले थे। आठवीं तक आते-आते मैंने प्रेमचन्द की कहानियां और गोर्की की "मेरा बचपन" पिताजी के कहने पर पढ़ ली थी। इसके अलावा और भी अनेक किताबें पढ़ ली थीं। जब मेरे दसवीं के इम्तिहान थे तो तब भी पिताजी छुट्टी पर आए हुए थे। पूरे दो महीने वे चार बजे जगा देते, गैस पर पानी गरम करके गुसलखाने में रखा मिलता। मैं नहाकर पढ़ने बैठ जाता। पिताजी के छुट्टी आने का ही फल था कि मैं जिले में सबसे अव्वल रहा, जबकि बाहरवीं में उनके न आने से मैं पढ़ाई में पिछड़ गया था। मुझे एक-एक बात याद आ रही थी। मुझे आज पहली बार पश्चाताप हो रहा था अपने मां-बाप के साथ किए हुए अपने बर्ताव पर। पश्चाताप से और अपनी असमर्थ स्थिति से बेचैन होकर मैं फूट-फूटकर रोने लगा। कितनी देर रोता रहा, मुझे नहीं पता। रोते-रोते कब नींद आई, पता नहीं। जब उठा तो रात हो चुकी थी। मेरे पेट में बड़े ज़ोर का दर्द था। सोचा ख़ाली पेट होने से होगा। सो, उठकर ठंडा दूध पी लिया। थोड़ा चैन पड़ा, परन्तु पेट में फिर दर्द हो गया। जब दर्द असहनीय हो गया तो मैंने अपना मेडिकल कार्ड पढ़ा और अस्पताल फ़ोन किया। वहां से एम्बुलैंस आ गई। डॉक्टर ने चैक करके दर्द निवारक टीका लगा दिया। वे मुझे अस्पताल ले गए। वहां कई जांच करके बतलाया कि मुझे

अपेंडिसाइटस है, ऑपरेशन करना पड़ेगा। मैंने सहमति फ़ॉर्म पर हस्ताक्षर कर दिए। मुझसे पूछा कि किसी को ख़बर करनी हो तो फ़ोन नम्बर दे दो। मैंने मना कर दिया। ऑपरेशन रात को ही हो गया। जब मुझे होश आया तो दिन निकल आया था। अमेरिका के अस्पतालों का ज़िक्र करना तो इतना ही है कि डॉक्टर साहब, अगर अमेरिकन अस्पतालों को हम इक्कीसवीं सदी में रखें तो हमारे देश के अस्पताल अठाहरवीं-उन्नीसवीं सदी में ही हैं। मानसी का फ़ोन मेरे मोबाइल पर कई बार आया था। लेकिन मैंने अपना मोबाइल तो बन्द कर रखा था। उसपर सन्देश भी थे, यह मुझे सुबह सेलुलर चालू करने पर पता लगा। मेरा मन नहीं किया उनका जवाब देने का। यूं अस्पताल का स्टाफ बड़े प्रेम से देखभाल करता था। समय पर दवाई-इंजैक्शन आदि लगाता था। अब खाना तो बन्द था। एक छोटा-सा कार्ड जल्दी सेहतमन्द होने का अस्पताल की सोशल वर्कर रखकर गई थी। वह मेरे पास भी बैठी थी लगभग बीस मिनट। अधेड़ इस्रायली महिला थी। मोटी और अमेरिकन हिसाब से नाटी थी। वह एक समाजसेवी संस्था की अवैतनिक सदस्य थी जो मेरे जैसे लावारिस लोगों की मिजाजपुरसी करने को अस्पताल आती थी। वह बहुत देर तक कहती रही, 'डोंट फील लोनली। वी आर विद यू, जीसस इज विद यू, जीसस इज आलवेज विद निडी एंड लोनली पीपल' (तन्हा महसूस मत करो, हम तन्हा और ज़रूरतमन्द लोगों के साथ भगवान हमेशा रहते हैं)। मैं हालांकि तन्हा महसूस कर रहा था परन्तु उस महिला की तोतारटंत बातों पर मेरा मन हंसने को कर रहा था। मुझे लगा कि ऐसा करना उस महिला का दिल दुखाना होगा। इसलिए मैं चुप रहा। मैंने अपनी बीमारी की ख़बर दफ़्तर में दे दी थी। शायद मानसी को भी वहीं से ख़बर मिल गई होगी। जिस वक़्त मित्र-रिश्तेदारों को मिलने का समय निश्चित होता है, एक कम्पनी का प्रतिनिधि मुझे एक गुलदस्ता व कार्ड मानसी की ओर से दे गया था। मैंने देखा, वह व्यक्ति एक ट्राली में, जो गैलरी में खड़ी थी, इसी तरह के कई गुलदस्ते उसके पास थे और एक-एक उठाकर अलग-अलग मरीजों को देकर आ रहा था, जिन्हें भेजने के आदेश उसे मिले होंगे।

"मेरे कमरे में दो बिस्तर थे। दूसरे बिस्तर पर एक नीग्रो था। अच्छा

लम्बा-चौड़ा। उम्र लगभग पचास वर्ष के क़रीब होगी। जब मुझे कम्पनी का नुमाइन्दा फूल और कार्ड देकर गया, वह तब सो रहा था। जब वह उठा तो मेरा गुलदस्ता और कार्ड देखकर बोला, 'लक्की मैन, यू हैव समबॉडी हू केयरज यू। आई हैव नन। आई एम साइमन एंड्रूज, यू कैन कॉल मी साइमन' (तुम ख़ुशक़िस्मत इंसान हो, कोई तुम्हारे बारे में सोचता है मेरा तो दुनिया में कोई नहीं। मैं साइमन एंड्रज हूं, तुम मुझे साइमन कह सकते हो।)

"मैंने सिर हिलाकर कहा, 'धन्यवाद। आप कैसे हैं?'

"'पहले से बेहतर,' वह बोला, 'मेरा गुर्दे का आप्रेशन हुआ है। मैंने शराब पी-पीकर गुर्दे ख़राब कर लिये। असल में मैं शराब तो मरने के लिए पीता था। मैं बेवक़ूफ़ था जो उस बेवफ़ा कुतिया के ग़म में मरना चाहता था, जो एक गोरी चमड़ी वाले के साथ भाग गई। अब मैं फिर-से जीना चाहता हूं और जीकर दिखाऊंगा। आप शायद एशियन हैं?'

"मैं बोला, 'हां, मैं हिन्दुस्तानी हूं।'

"'ओह! तुम ख़ुशक़िस्मत हो। मेरी मां वहां एक मिशनरी स्कूल में अध्यापक है। शायद मिज़ोरम में। वह ख़तों में लिखती है कि हिन्दुस्तान धरती का स्वर्ग है।'

"मुझे यह सुनकर बड़ा झटका लगा। हम हिन्दुस्तानी नौजवान सोचते हैं कि सपनों का देश और दुनिया का स्वर्ग अमेरिका है और एक सत्तर-पचहत्तर साल की महिला हमारे देश में सेवा करने के लिए गई है और कहती है कि हिन्दुस्तान धरती का स्वर्ग है। उस नीग्रो का खाना आ गया। वह खाना खाने लगा। मैं मानसी की एस.एम.एस. पढ़ने लगा। लिखा था :

"'प्रिय शमसेर! रात-भर तुम्हारे मोबाइल पर फ़ोन करती रही। मगर कोई जवाब नहीं आया। मैं घबरा गई थी। सुबह आपके दफ़्तर से पता लगा कि आप यहां हैं। मैंने सोचा कहीं रात वाला क़िस्सा न दोहरा दिया गया हो। अस्पताल से पता लगा कि अपेंडिक्स का ऑपरेशन हुआ है और मरीज ठीक है, तब तसल्ली हुई। मैं सात दिन बाद वापिस आ पाऊंगी। नरेन से वायदा था, उसे छुट्टियों पर एक सप्ताह ट्रेकिंग पर ले जाने का। पहले से बुकिंग कर

रखी थी। रात आपकी तबीयत ठीक नहीं थी। सवेरे मुझे जल्दी जाना पड़ा। सो आपको जगाना ठीक नहीं समझा। आशा है, आप नाराज़ नहीं होंगे। मैं ग्यारह तारीख़ को वापिस आऊंगी।'

"संदेश ख़त्म करके मैंने देखा कि साइमन बड़े मन से खाना खाने में लगा हुआ था। मेरा मन किया कि उसको सारी बात बताकर कहूं कि तन्हा तुम हो कि मैं? परन्तु मैं चुप रहा।

"चौथे दिन अस्पताल से छुट्टी हो गई। मोबाइल पर मानसी के सन्देश तो आते रहे, परन्तु फ़ोन नहीं आया। शायद वह सोचती होगी कि मैं नाराज़ हूं और बात करके अपना मूड और छुट्टी क्यों ख़राब करूं? मानसी को अमेरिका में रहते नौ-दस साल हो चुके थे। वह अपने रहन-सहन, आचार-विचार से पूरी अमेरिकन हो चुकी थी। अमेरिकन लोग पूरे व्यक्तिवादी होते हैं। वे न तो किसी से अधिक अपेक्षा रखते हैं और न ही खुद किसी के प्रति बहुत लगाव। एकलवाद यानी 'अपना ग़म, अपनी ख़ुशी' अपने साथ रखते हैं। हिन्दुस्तान में क्या कोई बीवी पति को अस्पताल में अकेला छोड़ सकती है? सारे आवश्यक काम छोड़कर सब तीमारदारी में लग जाते हैं और एक मेरी बीवी थी, जो एक काले-कलूटे लड़के से अपना वायदा निभा रही थी। पति जाए भाड़ में। एक विचार मन में आया कि अगर मैं मर जाता तो भी क्या पता वह अपनी छुट्टी ख़राब करके आती या नहीं। यह सोचकर मेरा मन बैठ गया।

"सातवें दिन मानसी आई। साथ में नरेन विलियम भी था। मानसी ने कहा, 'विलियम! ही इज अंकल शमशेर, विश हिम' (विलियम! ये शमशेर अंकल है। इनका अभिवादन करो)। विलियम ने अपना हाथ आगे बढ़ाकर कहा 'हैलो।'

मैंने उसका हाथ अपने हाथ में ले लिया। उसका चेहरा देखा तो वह मुस्करा रहा था। मुझे लगा, दुनिया-भर के बच्चे एक जैसे ही होते हैं। निश्छल, सुन्दर, पुष्प सरीखे प्यारे! मैं उसके प्रति अपनी पुरानी घृणा भूल गया। मैंने उसको उठाकर अपनी गोद में ले लिया और बोला, 'हैलो विलियम! कैसे हो?'

"'अच्छा हूं, धन्यवाद,' उसने कहा।

"मेरा विलियम के प्रति व्यवहार देखकर मानसी, जो अब तक थोड़ी-सी व्याकुल दिख रही थी, स्वाभाविक हो गई। शायद वह सोचती होगी कि मैं गुस्सा करूंगा। मैं खुद अपने पर हैरान था परन्तु यह शायद विलियम की मासूमियत का प्रभाव था। इसलिए तो मैं भी मानसी और विलियम के प्रति अपना क्रोध भूल गया था। मानसी जब आई तो शाम हो चुकी थी। हमने रात का खाना खाया। फिर मानसी विलियम को सुलाने के लिए दूसरे कमरे में ले गई। लगभग एक घंटे बाद उसे सुलाकर मेरे कमरे में आई थी कि तभी विलियम रोता-रोता मेरे कमरे में आ गया और मानसी से बोला, 'मम्मी, मैं अकेला नहीं सोऊंगा। आपके साथ सोऊंगा।'

"मैं उसका 'मम्मी' कहना सुनकर चौंक गया था। मानसी बोली, 'हां बेटे! मैं तुम्हारे साथ ही सोऊंगी, परन्तु आज नहीं! सात दिन तुम्हारे साथ सोई थी ना। आज मुझे अंकल से बात करनी है। इसलिए आप वहां सो जाएं।'

"वह रोने लगा, 'नहीं मम्मी, मैं छुट्टियों में हमेशा आपके साथ सोता हूं अब भी सोऊंगा।'

"मैं बोला, 'कोई बात नहीं। मानसी, तुम इसके साथ सो जाओ।' मानसी उसको गोद में लेकर चली गई। मैं बत्ती बन्द करके लेट गया। रात को आंख खुली तो मुझे लगा, कोई मेरे बिस्तर में घुसा है। बत्ती जलाने लगा तो मानसी ने मेरा हाथ पकड़ लिया। वह बोली, "रहने दो विलियम जाग जाएगा।" इससे पहले कि मैं कुछ पूछता वह विलियम के बारे में कहने लगी।

"'शमसेर तुम जानना चाहते होंगे कि विलियम कौन है और मुझे मम्मी क्यों कहता है? तो सच्चाई यह है कि विलियम मेरा अपना बेटा है।'

"सुनकर मुझे सांप सूंघ गया। मानसी मेरी बगल में लेटी थी और उसका हाथ मेरी छाती को सहला रहा था। मैंने हाथ बढ़ाकर बत्ती जला दी और मानसी को देखा। उसकी बड़ी-बड़ी आंखें मेरे चेहरे को ही देख रही थीं परन्तु इन आंखों में कोई डर या शर्म नहीं थी। मुझे यह सुनकर गुस्सा आना चाहिए था। पता नहीं क्यों, मुझे गुस्सा नहीं आया। शायद मानसी ने मेरी आंखों में सवाल पढ़ लिया था। वह कहने लगी, 'मैं जब अमेरिका आई थी तो कुल

इक्कीस साल की थी। भैया का देहान्त हो चुका था। प्रिंस अभी पैदा नहीं हुआ था। भैया के देहान्त के कुल तीन महीने बाद मैं अमेरिका आ गई थी, भैया की मृत्यु ने मुझे तोड़ दिया था। मैं घर के हालात, अपनी उदासी, मनहूसियत से पीछा छुड़ाने के लिए अमेरिका आ गई थी - एम.बी.ए. करने को। पिताजी उस वक़्त एस.पी. थे। और शमसेर! आप जानते हैं कि हिन्दुस्तान में आई.पी.एस. और आई.ए.एस. अफ़सरों की कितनी चलती है? सो, अपने रसूख से और अपनी दौलत के दम पर, मेरी जिद पर उन्होंने मेरा दाख़िला करवा दिया था। मैं यहां आकर अपना ग़म ग़लत करने के लिए शराब पीने लग गई थी। जैसा तुमने देखा है कि यहां उन्मुक्त माहौल है तो मेरी कई लड़कों से दोस्ती हुई और छूट गई। उनमें से ज़्यादातर नीग्रो ही थे। जब मैं यहां आ रही थी तो मेरे पिता ने कहा था कि बाकी सब ठीक हैं, परन्तु किसी काले से विवाह मत करना। मुझे अपने पिता पर बड़ा ग़ुस्सा था। जवान बच्चे जब मां-बाप पर ग़ुस्सा करते हैं तो उन्हें वह काम करके बड़ी तसल्ली मिलती है जिससे मां-बाप को दुख पहुंचता है। बस इसलिए मैं जानबूझकर नीग्रो विद्यार्थियों से मेल-जोल बढ़ाया करती। मैं क्योंकि लगातार फेल होती रही थी तो यह नौबत आ गई थी कि मुझे अमेरिका छोड़ना पड़ता। अब एक ही रास्ता था कि किसी अमेरिकन से विवाह कर लेती। बस, मैंने विलियम के पिता से विवाह कर लिया। गोरे अमेरिकन लड़के मौज-मस्ती तो हर नस्ल की लड़कियों से कर लेते हैं, परन्तु विवाह के पचड़े में आसानी से नहीं पड़ते। नीग्रो लोगों की मानसिकता हम हिन्दुस्तानियों जैसी है। वे घरेलू ज़िन्दगी पसन्द करते हैं। शायद परिवार उन्हें सुरक्षा की भावना प्रदान करता है। वे आज भी अपनी पीढ़ियों पुरानी गुलामी की मानसिकता और असुरक्षा की भावना से भयभीत रहते हैं। एक तो उन्होंने मां-बाप से अपने पुरखों की कहानियां सुनी होती हैं और फिर आज भी, इस आजाद अमेरिका में हमारे साथ ही नहीं, इनके साथ भी दोयम दर्जे के नागरिक का व्यवहार किया जाता है।'

"मानसी अपनी बातें ऐसे सुना रही थी मानो मैं उसका पति न होकर उसकी कोई सहेली हूं और मैं भी ऐसे ही उसकी बात सुन रहा था। मानसी फिर कहने लगी।

"'मैंने विलियम, यही नाम था नरेन्द्र के पिता का, विलियम से विवाह करके अपना और विलियम का फोटो अपने पिता को भेज दिया। फोटो भ. ेजकर मुझे इतना सन्तोष हुआ, मानो कोई क़िला फतह कर लिया हो या फिर किसी दुश्मन को मजा चखा दिया है। मैंने विलियम के साथ विवाह अपनी गरज से किया था। मेरा कोई विशेष प्रेम नहीं था उसके साथ। विलियम का खानदान बड़ी मेहनत करके एक कामयाब और सफल, धनी परिवार हो गया था। विलियम के पांच भाई-बहन थे। उससे छोटे थे सारे। वे और विलियम चाहते थे कि हम परिवार के साथ रहें, परन्तु मुझे यह स्वीकार नहीं था। मैं अपनी आजादी नहीं खोना चाहती थी। हालांकि मैं जब भी उनके घर रही, मुझे नहीं लगा कि किसी बात की बंदिश है परन्तु मैं हिन्दुस्तानी लड़की हूं, ससुराल से सहज में ही आशंकित थी। ख़ैर! हम दोनों एक फ़्लैट में रहने लगे। ख़र्च शुरू-शुरू में तो विलियम के पिता ने ही दिया परन्तु फिर हम दोनों पार्ट टाईम काम करके अपनी पढ़ाई करने लगे। विलियम बड़ा शान्त गंभीर नवयुवक था और उसे मुझसे बड़ा प्रेम था। उसके प्रेम की ताक़त ने ही मेरे जैसी बिगड़ैल बछेरी को पालतू बना दिया था। मैं घर का काम, नौकरी-पढ़ाई, सब-कुछ मन से करने लग गई थी। फिर विलियम पैदा हो गया। जब यह गर्भ में था तो मैं गर्भपात करवाना चाहती थी परन्तु विलियम पक्का कैथोलिक ईसाई था। उसने साफ़ मना ही नहीं किया, धमकी भी दी थी कि अगर मैंने उसकी मर्जी के खिलाफ गर्भपात करवाया तो वह मुझे तलाक दे देगा। अब तक मैं भी उससे प्यार करने लगी थी। प्यार से बड़ी ताक़त दुनिया में कोई नहीं होती - यह मुझे तब पता लग गया था। बेटा पैदा हुआ तो विलियम ने कहा कि इसका नाम हम हिन्दुस्तानी नाम पर रखेंगे। इसलिए मैंने इसका नाम नरेन्द्र विलियम रख दिया परन्तु इसके पिता को नरेन्द्र कहना ही नहीं आया। वह कहा करता नरेंडर। बस मैंने बदलकर उसका नाम नरेन रख दिया जिससे वह उसे आसानी से बुला सके। आप जानते हो कि अमेरिकन द और त आसानी से नहीं बोल सकते।

"'बड़े अच्छे दिन बीत रहे थे कि मेरे पति विलियम को गुंडे गोरों ने एक गली में घेरकर मार दिया। उन दिनों यहां अमेरिका में इंग्लैंड की एक कुख्यात

संस्था तीन क्यू, कू-क्रक्स-क्लान का बड़ा बोलबाला था। इस गुंडई संस्था का मानना है कि गोरी नस्ल ही सबसे उत्तम है और उसी का दुनिया पर अधिकार होना चाहिए। मेरे ऊपर दुखों का दोहरा पहाड़ टूट पड़ा। विलियम नहीं रहा। अभी मुझे अमेरिकी नागरिकता भी नहीं मिली थी। पर नरेन पैदा होने से मुझे अमेरिका से निकाला नहीं जा सकता था। ऐसे वक़्त पर विलियम के पिता और मां ने मेरी बड़ी मदद की। आज भी नरेन की पढ़ाई का ख़र्चा उसके दादा जी के बनाए न्यास से चल रहा है।' यूं कहकर मानसी चुप हो गई।

"मुझे लगा कि बदक़िस्मती मेरा पीछा नहीं छोड़ रही। मुझे मानसी पर ग़ुस्सा आ रहा था कि उसने ये सारी बात मुझे विवाह से पहले क्यों नहीं बताई?

"मैं बोला, 'मेरा क्या कसूर था जो तुमने मुझे धोखा दिया।'

"'कैसा धोखा?' वह बोली।

'तुमने झूठ बोला। बताया नहीं कि तुम्हारा विवाह हो चुका है। तुम्हारा एक लड़का है।'

"वह बोली, 'मैंने झूठ नहीं बोला। सिर्फ़ बतलाया नहीं। चुप रही इस बात पर, परन्तु तुमने पूछा भी कब? डी.आई.जी. साहब ने तुमसे कहा, मेरी लड़की से विवाह करोगे। तुमने हां कर दी। तुम्हें पता था मेरी उम्र का, परन्तु तुम्हें भी तो अमेरिका आने का चाव चढ़ा था। अगर पूछते तो मैं ज़रूर बता देती। आज भी तो मैं कहानी गढ़ सकती थी कि विलियम मेरी सहेली का बेटा है। उसके मरने के बाद मैंने उसे गोद ले लिया था। यही बात कहने को मेरे बाप ने कहा था परन्तु मैं झूठ नहीं बोलती।'

"'लेकिन बात छुपाना भी तो धोखा है।'

"वह मुस्कराकर बोली, 'यूं तो इस दुनिया में सब धोखेबाज हैं। तुम भी और मेरा बाप भी।'

"'मैंने क्या धोखा दिया तुम्हें?' मैं बोला।

"'मुझे तो नहीं, परन्तु अपने मां-बाप, अपने परिवार को धोखा दिया या

नहीं। अपने विवाह की ख़बर भी नहीं दी। अगर मेरी बात छुपाना धोखा है तो तुम्हारा व्यवहार क्या है?' मानसी बोली।

"उसका कहना सच था। मैं क्या जवाब देता? फिर बोला, 'तेरे पिताजी कैसे धोखेबाज हैं?'

"वह खिल-खिलाकर हंस पड़ी। बोली, 'मेरा बाप तो बहुत बड़ा धोखेबाज है। अच्छा यह बताओ, प्रिंस मेरा क्या लगता है?'

"मैं बोला, 'तुम्हारा भतीजा।'

"वह हंसने लगी। फिर हंसते-हंसते रोने लगी। रोते-रोते कहने लगी, 'मेरा अमेरिका आना, मेरी मां का जहर खाकर मर जाना, सब मेरे बाप की वजह से हुआ। जब मेरे भाई, उसका नाम भी नरेन्द्र था, का विवाह हुआ तो वह उन्नीस साल का था। तुम बतलाओ एस.पी. अपने बेटे का विवाह इस उम्र में और एक गंवारू, दसवीं फेल लड़की से करता क्या?'

"मैं बोला, 'तुम्हारे पिताजी ने बताया था कि नरेन्द्र को कैंसर था और वह चाहते थे कि उसका कोई वारिस हो, जो उसकी वंश-परम्परा और ज़मीन-जायदाद का मालिक बने।'

"वह फिर रोते हुए बोली, 'शमसेर! पुलिस में रहते हुए मेरे बाप की आत्मा मर गई थी। जब भाई का विवाह करके लाए तो उसकी कीमोथेरेपी चल रही थी। सारे शरीर में कैंसर फैल गया था। सेकेंडरीज थी, बैठते हुए भी सांस चढ़ता था। वह बेचारा क्या विवाह के काबिल था? यह तो मेरा बाप अपनी पदवी और दौलत के बल पर इस ग़रीब, बेसहारा, अनाथ लड़की को ख़रीद लाया था उसके चाचा से।' और वह फिर रोने लगी, 'सप्तपदी भी नरेन्द्र की तलवार के साथ हुई थी। वह तो अस्पताल में था। आगे कहते हुए मेरी व सुनते हुए तुम्हारी छाती फट जाएगी। सुन शमसेर! प्रिंस मेरा भतीजा नहीं, मेरा सौतेला भाई है।'

"'क्या...?' मैं छटपटाया, 'क्या कहा?'

"'हां, मेरे जालिम बाप ने मेरे भाई के जीते जी इस गाय जैसी लड़की

से, एक किस्म का ब्लातृकार करके प्रिंस पैदा किया। जब नरेन्द्र जीवित था तब उसके गर्भवती होने की बात भी उड़ा दी थी। नरेन्द्र विवाह के छः महीने बाद ही मर गया था। अगर उन दिनों में तू नरेन्द्र को देखता तो उसका दुख समझता। मेरी मां तो इस दुख में जहर खाकर नरेन्द्र की मौत के तीसरे दिन ही मर गई थी। मेरे बाप ने ख़बर उड़ा दी थी कि वह बेटे के दुख से मर गई है।' यह कहकर मानसी फिर रोने लग गई थी। मुझे मानसी की यह बात कि मैं भी धोखेबाज हूं, अपने मां-बाप को धोखा देकर आया था, मेरे भीतर कील की तरह गड़ गई थी।

"मैंने उठकर मानसी को पानी दिया। वह चुप हो गई। मैं बोला, 'मानसी, मैं इस देश में नहीं रहना चाहता। मैं अपने पाप का, दुष्कर्मों का प्रायश्चित करने के लिए वापिस हिन्दुस्तान जाऊंगा। और अपने सीधे-सादे, मां-बाप की सेवा करूंगा। अब यह तुम्हारी इच्छा है कि मेरे साथ चलना चाहती हो या नहीं।'

"'शमसेर, तुमने मेरी बात समझ ली। कोई ग़ुस्सा नहीं किया, मैं इस बात का एहसान मानती हूं परन्तु मैं नरेन को छोड़कर नहीं जा सकती और अगर इसको हिन्दुस्तान ले चलें तो पहले तो तुम्हें मुश्किल हो जाएगी। तुम्ह. ारे मां-बाप को और अधिक दुख होगा। फिर नरेन अपने रंग-रूप की वजह से वहां उस समाज में घुल-मिल नहीं पाएगा। नरेन के दादा-दादी रुकावट नहीं डालेंगे, परन्तु मुझे उनका मन दुखाना अच्छा नहीं लगेगा। तुम जाना चाहते हो तो मैं रोकूंगी नहीं तुम्हें। तलाक देना चाहो तो यहां बड़ी आसानी से तलाक हो जाएगा। हां, एक बात और, मेरे पिता देवेन्द्र से मेरा विवाह करवाना चाहते थे, जिससे प्रिंस और उनका देवेन्द्र से पीछा छूट जाए। मैंने तुमसे विवाह उनको दुख पहुंचाने के लिए किया था परन्तु आज मैं दिल की बात कह रही हूं कि तुम एक अच्छे इंसान है। कोई भी लड़की तुमसे विवाह करके सुखी रहेगी परन्तु अब देवेन्द्र जैसे लोगों के चक्कर में मत आना। दिल लगाकर अपने परिवार और देश की भलाई में लग जाना। मेरी जिस मदद की आवश्कता हो बतलाना। मुझे पीछे नहीं पाओगे परन्तु मैं वापिस उस देश में नहीं जाना चाहती। रही यहां दोयम दर्जे के नागरिक होने की बात, तो हमारे

देश हिन्दुस्तान में तो औरत हमेशा से ही दोयम दर्जे से भी नीचे रहती है।' यूं कहकर मानसी चुप हो गई।

"मैं एक महीने बाद अमेरिका को सदा के लिए छोड़कर आ गया। अब मैंने सोच लिया था कि मैं गांव में रहकर खेती करूंगा। मैं हिन्दुस्तान में आते हुए डर रहा था कि मेरे माता-पिता मुझपर ग़ुस्सा करेंगे। घर रह पाऊंगा कि नहीं। परन्तु घर आकर जब मैंने कई साल बाद अपने पिताजी के पैर छुए तो उन्होंने मुझे बांहों में भरकर उठा लिया और आज तक कभी, कुछ भी नहीं पूछा कि मैंने यह सब क्या किया, क्यों किया और क्यों अमेरिका से वापिस आया? अब मुझे पता लगा कि मां-बाप में कितनी सहनशीलता होती है। बस इतनी सी कहानी है मेरी तो।" शमसेर ने लम्बी सांस लेकर कहा।

डॉ. दहिया ने शमसेर का हाथ अपने दोनों हाथों में ले लिया और कहने लगा, "शमसेर, मुझे माफ़ करना भाई! मैंने तुम्हारी दुखती रग छेड़ दी। असल में मैं तो तुम्हें अपनी समस्या सुनाकर, कुछ सलाह लेना चाहता था परन्तु तुम्हारा दुख सुनकर मेरी कुछ कहने की हिम्मत नहीं रही।"

मैं बोला, "डॉ. साहब, मेरी कहानी तो ख़त्म हुई और अपनी बात मैंने पहली बार किसी को सुनाई है। इतने दिन छाती पर रखा बोझ कुछ हल्का हुआ है। लगे हाथ आप भी अपनी सुना दो।"

डॉ. दहिया कुछ देर तो चुप रहे। फिर बोले, "तेरी समस्या तो शुरू होकर ख़त्म हो गई। शमसेर! मेरी तो शुरुआत है। शायद तुम जानते होगे कि मैं और अमिता एम.बी.बी.एस. में सहपाठी रहे हैं।"

मैं बोला, "अमिता! नम्बरदार रिसालसिंह की लड़की।"

डॉ. दहिया बोले, "हां, वही अमिता। मैं मेडिसीन में एम.डी करके यहां नौकरी पर लग गया था। वह इस साल ई.एन.टी. (नाक, कान, गला) में एम. एस. कर लेगी। उसे एम.एस. में दाख़िला एक साल बाद मिला था। मैं और अमिता असल में एक-दूसरे से प्यार करते हैं और विवाह करने की सोच रहे हैं परन्तु न वह अपने मां-बाप से कुछ कह सकती है, न मैं। इसलिए तेरी सहायता की ज़रूरत है। तुम नम्बरदार के घर के आदमी हो। अमिता भी कह रही थी कि शमसेर कर सकता है मेरे पिताजी से बात।"

मैं हंस पड़ा और बोला, “डॉ. साहब! पढ़-लिखकर भी तुम बड़े डरपोक हो। खुद बातचीत नहीं कर सकते नम्बरदार से तो अपने मां-बाप से करवा लेनी थी और वह भी तब जब अमिता के भाई ने एक सिन्धी लड़की से विवाह कर लिया तब नम्बरदार ने कुछ नहीं किया। तुम तो उनकी जाति के हो। नम्बरदार तुम्हारी बड़ी बड़ाई करता है कि डॉ. दहिया जैसा डॉक्टर पहले कभी नहीं आया। मुझे नहीं पता था कि इतना पढ़-लिखकर भी अमिता और तुम इतने डरपोक हैं। कोई बात नहीं, मैं कल ही बात करके तुम्हारा विवाह करवा दूंगा। नम्बरदार को तुम्हारे जैसा दामाद कहां मिलेगा?”

डॉ. दहिया बोले, “शमसेर! इतनी आसान बात नहीं है, जितनी तुम समझ रहे हो। पहले तो अमिता का भाई युद्धवीर लड़का था। लड़का तो कहीं की लड़की ले आए, इसमें हमारा समाज बुराई नहीं मानता। अगर अमिता किसी और जाति के लड़के से विवाह करने की बात कहे तो तुझे पता लग जाए।”

“परन्तु तुम दोनों की जाति तो एक है। फिर झंझट क्या है?” मैं बोला।

डॉ. दहिया बोला, “उससे भी बड़ा झंझट है शमसेर! अमिता की मां का गोत्र दहिया है और मेरा भी, तुम जानते हो कि हमारी जाट-जमींदारों में यह बात जाति से बड़ी अड़चन होती है।”

मैं बोला, “आप घबराए नहीं, मैं संभाल लूंगा। नम्बरदार पुरातनपन्थी नहीं है। मुझे पूरा भरोसा है, वह मान जाएगा।”

“अगर यह बात है तो तुम्हारे मुंह में घी-शक्कर भाई शमसेर! परन्तु मुझे यह बात जंची नहीं।” डॉ. दहिया बोला, “चलो, फिर राम का नाम लेकर सो जाएं।”

आज मैं तैयारी करके बैठा था कि नफ़े सिंह का क़िस्सा पूरा सुनकर रहूंगा, दादा के पैर दबाने शुरू करके मैं बोला, “दादा, तू कह रहा था कि नफ़े का बाप झोला छाप-डॉक्टर बन गया। फिर क्या हुआ?”

“होना क्या था बेटा! भरतू का तो सारा खेल ही बिगड़ गया। धरती तो सोलह एकड़ से पांच एकड़ रह गई। बाकी बिक गई इन मुक़दमों में और

रणसिंह क्या कमाता था? जो कमाता था दारु में खो देता था। जब मां-बाप के कुदिन आते हैं तो अक्ल सबसे पहले मारी जाती है।"

"नफ़े उस समय 13-14 साल का था और सुशीला की दोनों लड़कियां उससे भी छोटी थी। यूं समझो बड़ी तो होगी नौ साल की और छोटी होगी सात साल की। नाम तो उनके याद नहीं रहे बेटे अब। कभी भरतू रोटी पकाता, कभी नफ़े। बच्चों को पालने-पोसने लग गए दादा-पोता। नफ़े पढाई में होशियार था। दसवीं में पूरे बोर्ड में पहले नम्बर पर आया था। बारहवीं में उसने डॉक्टर बनने के विषय लिये थे। बारहवीं में भी अच्छे नम्बर आए थे। पहले नम्बर पर तो नहीं आया था, क्योंकि पढ़ाई मुश्किल थी और खेत-खलिहान, घर का काम छोटी, सौतेली बहनों को संभालना। ख़र्च अधिक था, आमदनी कम। दाख़िला तो मेडिकल कॉलेज में मिल गया था परन्तु ख़र्च कहां से आता? उसके दादा भरतू ने कहा भी था कि बेटे दो एकड़ और बेच देंगे तुम पढ़ लो। नफ़े ने मना कर दिया और बोला, "ना दादा, हम बड़े जमींदार तो नहीं रहे, अब ग़ैर-बिस्सेदार कैसे हो जाएं। बेटा, किसान का सबसे बड़ा दुख ग़ैर-बिस्सेदार यानी बिना खेत-खलिहान का होना होता है। तुम तो सारी बातें जानते ही हो। खेत से किसान को कितना लगाव होता है - बिलकुल अपने बच्चों जैसा। इसलिए एक-एक हलाई के लिए कत्ल हो जाते हैं और एक कत्ल नहीं, कई-कई पीढ़ी तक चलते हैं ये कत्ल।

"फिर नफ़े किसान का पोता था, उसे ज़मीन बेचनी मंजूर नहीं थी। घर के हालात ठीक पहले ही नहीं थे, क्या करता? जिस किसान का पेट खेत नहीं भर सकता, वह फ़ौज में भरती हो जाता है। इसलिए नफ़े फ़ौज में भरती हो गया। यूं भी फ़ौजी की इज़्ज़त गांव में बहुत होती है। गांव तो क्या, पूरे देश में ही फ़ौजी पूजे जाते हैं। पूजे भी क्यों न जाएं, देश की रक्षा के लिए रात-दिन अपनी जान हथेली पर रखे रहते हैं।

"फ़ौज में भर्ती होकर नफ़े का बदन और निकल आया। अपने दादा भरतू जैसा छैला जवान था नफ़े। रणसिंह तो अपनी मां पर था। उसका क़द भी छोटा था भरतू और नफ़े से और बाकी कमी शराबखोरी ने पूरी कर दी थी। अब नफ़े के रिश्ते आने लगे थे। भरतू चाहता था कि नफ़े का विवाह

कर दे परन्तु वह बोला, "दादा पहले बहनों को पढ़ाऊंगा। फिर उनका विवाह करुंगा, फिर सोचूंगा अपने बारे में। इन बहनों की मां ने नफ़े और उसकी मां को दुख देने के लिए कोई कमी नहीं छोड़ी थी परन्तु नफ़े ने कभी इन्हें अपनी सौतेली बहन नहीं माना। पूरी जान छिड़कता था इनपर। मां का जाया भी शायद इतना प्रेम न करता और सुशीला तो नाम से ही सुशीला थी, कर्म तो उसके दुर्योधन वाले या मन्थरा वाले थे परन्तु उसकी लड़कियां ठीक निकली थीं। नफ़े की तरह पढ़ने में लायक। नफ़े के फ़ौज में भरती होने के बाद दोनों बहनों ने घर संभाल लिया था। दोनों घर का काम भी करतीं और पढ़तीं भी। बड़ी ने तो बारहवीं करके जे.बी.टी. कर ली थी। मास्टरनी लग गई और उसका विवाह भी एक मास्टर से हो गया था। ख़र्च सारा नफ़े ने अपने वेतन से तथा बचत से किया था। छोटी ने तो अभी बारहवीं पास की थी कि भरतू लोहलाठ जैसा भरतू, जो इतने ग़म झेलकर भी धीरज रखे हुए था, बीमार हो गया। उसकी उम्र भी अस्सी वर्ष के आस-पास थी। मुझसे भी क़रीब पांच साल बड़ा था। उसकी बीमारी की ख़बर सुनकर जब नफ़े छुट्टी आया तो उसने अपनी छोटी बहन का विवाह भी कर दिया। जमाई बी.डी.ओ. दफ़्तर में स्टैनो था। बहन को ब्याहकर नफ़े अपने दादा भरतू को मिलट्री अस्पताल ले गया था, वहां उसका गुरदे का आप्रेशन हुआ था। फिर जब भरतू ठीक होकर घर आया तो नफ़े को कहने लगा, 'बेटा! तू फ़ौज में चला जाएगा, मेरी देखभाल कौन करेगा? रणसिंह, तेरा बाप तो पहले ही किसी लायक नहीं है अब क्या अपेक्षा करें उससे। अब तुम्हारी बहनें भी ब्याही गईं। तुम भी विवाह कर लो।'

"नफ़े शादी नहीं करना चाहता था। वह शुरू से ही साधु-संन्यासियों जैसा बच्चा था, मानो साक्षात् कर्मयोगी हो परन्तु बूढ़े भरतू की बात वह टाल नहीं पाया।

"भरतू ने उसका विवाह झज्ज़र जिले के एक पुराने जान-पहचान वाले जमींदार की पोती से कर दिया। बहू अपने बाप की इकलौती औलाद थी। बेटा! पहले तो झार में ज्वार-बाजरे होते थे, क्योंकि पानी का इन्तजाम नहीं था। कुओं में बहुत गहरे जाकर थोड़ा-सा पानी हुआ करता। हमारे ज़माने में तो लड़कियां गीत गाया करती थी -

हे मां मेरी
मत ब्याहिये मनैं डीघल बेरी। (झज्ज़र जिले के गांव के नाम)

"क्योंकि वहां न गेहूं होते थे, ना ईख। पीने का पानी भी दूर से लाना पड़ता था परन्तु आजादी के बाद नहरें निकलीं, बिजली आ गई, बिजली से टयूबवैल चलने लगे। अब वहां फ़सल हमारे इलाक़े से भी अच्छी होती है। इकलौती सन्तान थी नफ़े की पत्नी अपने मां-बाप की। बाप भी फ़ौज में से सूबेदारी से पेंशन पा चुका था। अच्छा खाता-पीता जमींदार था। चौधरी ने भरतू का घर भर दिया था। कपड़े-लत्ते, गहने, रंगीन टी.वी., कपड़े धोने की मशीन, मोटर-साइकिल ऐसा कुछ नहीं था जो बहू न लाई हो। यूं लगने लगा कि भरतू का बुढ़ापा संवर गया परन्तु होनी को कुछ और ही मंजूर था। विवाह में दोनों दामादों ने जब दहेज देखा तो उनकी छाती पर सांप लोट गया। मास्टर तो फिर भी चुप रहा। एक तो बड़ी लड़की मास्टरनी लगी हुई थी। महीने में वेतन लाती थी यही बात रही होगी शायद या फिर मास्टरी अच्छा पेशा है इसका कारण, परन्तु छोटा दामाद बिफर गया। स्टैनो था न बी.डी.ओ. का। ऊपर की कमाई थी इसलिए अधिक लालची था पैसों के पीछे। लड़की को छोड़ गया। बोला, 'मोटर साइकिल दोगे तो ले जाऊंगा, नहीं तो रखो अपनी लाडली को।'

"अब भरतू और नफ़े की आर्थिक हालत कहां थी मोटरसाइकिल देने की? परन्तु बेटा! बहू बड़ी समझदार थी। उसने नफ़े से कहा, 'दे दो इसको यही मोटर साइकिल।'

"नफ़े बोला, 'तुम्हारा पिता तुम्हें क्या कहेगा?'

"बहू बोली, 'कुछ नहीं कहेगा। उन्होंने हमें दी है। अब यह हमारी है हम इसे चलाएं या किसी को दें। और यूं भी मेरा पिता ऐसी नीयत का नहीं है कि अपने दामाद को कुछ कहे।'

"स्टैनो तो मोटर साइकिल लेकर चला गया, परन्तु बहू की समझदारी की धाक सारे गांव में बैठ गई। भरतू तो सुबह उठकर और शाम होते ही आशीष-पर-आशीष दिया करता। बहू की सेवा से भरतू की सेहत ठीक होने

लगी थी। बहू बी.ए, बी.एड. पास करके नौकरी लग गई। अब तो नफ़े और बहू दोनों की कमाई से घर की हालत सुधरने लगी। बहू समझदार, कमाऊ, और मिठबोली थी। सारे पढ़ने वाले बच्चे बड़ी बड़ाई करते थे। बस एक रणसिंह नहीं सुधरा था। अब भी शराब पीता था। कुछ-कुछ बकने लग जाता था। एक तो ग़मों का मारा, दूसरा शराब की आदत और बात-बात पर लड़ने-मरने को तैयार। यूं लगता था मानो उसका दिमाग़ फिर गया था। तब से उसका नाम अड़िया डॉक्टर पड़ गया। कई बार तो लड़-भिड़कर चोट भी खा आया करता। फिर भी ठीक दिन कट रहे थे।

"परन्तु पता नहीं समय को क्या मंजूर था? करगिल की लड़ाई छिड़ गई। नफ़े दो महीने की छुट्टियों में आया हुआ था। चौथे दिन वापिस जाना पड़ा, फ़ौज से बुलावा जो आ गया था। जिस दिन नफ़े मोर्चे पर गया था, उस दिन भरतू मेरे पास आया था। बहुत चिंतित था। बोला, 'भाई! केहर सिंह, (दादा कचरू का असली नाम केहर सिंह था। उसे कचरु क्यों और कब कहने लगे यह मुझे नहीं पता) मेरा तो मन पकड़ा जा रहा है। मुझे नफ़े का फ़ौज में जाना पसन्द नहीं था। अब मोर्चे पर पता नहीं कैसे-कैसे दिन देखने के लिए मेरी सांस अटक रही है? अब तो राम मुझे उठा ले तो ही अच्छा है।'

"मैंने भरतू को समझा-बुझाकर वापिस भेज दिया। एक बात बता। यह आदमजात सुख से रहना ही नहीं जानती। लड़ाइयों पर लड़ाइयां सदियों से चली आ रही हैं। इनमें अक्ल नहीं आई। महाभारत से लेकर वर्ल्डवार को भी एकदम दो-दो। सारी दुनिया की लड़ाइयां आदमियों के बीच नहीं हैं। आदमी के लालच ने सत्ता, धन और शक्ति के लालच ने करवाई है। बेटा! भगवान ने आदमी को वाणी और बुद्धि दी और इन दोनों चीज़ों के प्रयोग के लिए विवेक भी दिया परन्तु आदमी तो विवेक को भूल गया और अविवेकी हो गया। कहो, लड़ाई किस काम की है? बस नाम रखने की, इस देश की सीमा बढ़कर बड़ी हो गई, वरना धरती वहीं है। आदमी वहीं रहता है। आम आदमी तो कोई राजा नहीं बनता। बेचारा अपना काम करके पेट भरता है। लुहार लुहार रहता है, किसान किसान, मज़दूर मज़दूर रहता है - चाहे अफगानिस्तान

हो या हिन्दुस्तान या पाकिस्तान। सरहदों की सारी लड़ाई शासकों की है - चाहे पहले हुई या अब और पिसता है बेचारा आम आदमी। बाबा तुलसी ने भी मन्थरा से कहलवा दिया था।

कोऊ नृप होय हमई का हानि।
चेरि छांड बनै क्या रानी ॥

"तो बेटा ये झगड़े इन छोटे दिमाग़ वाले, बड़े आदमियों के हैं। पहले राज बढ़ाने के लिए लड़ते थे। अब चुनाव जीतने के लिए लड़ते हैं।

"करगिल की लड़ाई में भरतू बेचारे का तो वंश ही मिट गया था। नफ़े शहीद हो गया। जिस दिन यह ख़बर गांव में आई, भरतू उसी दिन सुनते ही पांव सीधे कर गया और बहू को तो मानो काठ मार गया। बिलकुल चुप हो गई। बेचारी न सुबकी, न रोई। आदमी रोता भी तभी है, जब कोई उसे चुप कराने वाला हो। उसे चुप करवाने वाला कौन था? आस-पड़ौस की औरतें आ बैठी थी। शाम को उसके मां-बाप आ गए थे। वहां फ़ौज से नफ़े का मृत शरीर आने में एक सप्ताह लगा।

"इन्तज़ार तो अपने-आपमें एक सजा होती है और ऐसा इन्तज़ार! क्या पूछते हो सारा गांव-गुहांड़ सात दिन जुड़ा रहा था। फिर गांव के सपूत को उसके फ़ौजी साथी जब लेकर पहुंचे तो सरकारी अफ़सर, पुलिस कप्तान, डी. सी., तहसीलदार - सभी आए हुए थे और ऐसे मौक़े पर चील-गिद्ध बनकर हर पार्टी के छोटे-बड़े नेता भी आ गए थे अपनी वोटों की रोटी सेंकने के लिए। बन्दूकों की सलामी देकर शहीद नफ़े को चिता के हवाले कर दिया गया - उसी जगह पर जहां छः दिन पहले उसके दादा को दाग दिया गया था। उस समय अभागा रणसिंह तो पता नहीं कहां गया हुआ था। मुखाग्नि देने को भी नहीं मिला था।

"नफ़े सिंह जब शहीद हुआ तो भाजपा की सरकार तेरह महीने चलकर टूट गई थी। एक वोट के चक्कर में। एक वोट, आज के बिकाऊ ज़माने में एक एम.पी. ख़रीदना क्या कठिन था? मेरी समझ में तो नहीं आया, बिलकुल

भी। सरकारी ख़ज़ाने हाथ में थे। एक के दस सदस्य मिल जाते हैं। पहले नरसिम्हा राव ने यही खेल नहीं किया था क्या? परन्तु मुझे तो लगता है कि यह सारी सोची-समझी चाल थी। सरकार गिरवा दो, कारगिल करवा दो। नाम भी क्या रखा आप्रेशन विजय? अरे भाई! अपने घर घुसे हुए डाकुओं को निकाला था। अपने बच्चे मरवाकर, कौन-सा इलाक़ा जीत लिया था तुमने जो आप्रेशन विजय नाम रख दिया था। फिर कारगिल के मरने वाले शहीदों को लाखों रुपये इनाम की घोषणा कर दी थी सरकार ने। मानो इससे पहले मरने वाले शहीद ही नहीं थे और तुमने देख लिया बेटा! चुनावों के बाद आज भी आतंकवादियों की गोलियों से फ़ौज और बी.एस.एफ., पुलिस, सी.आर.पी. के जवान मरते हैं। उनको कोई नहीं देता लाखों रुपये और गैस एजेंसी। सारा वोटों का चक्कर था। जब पाकिस्तान के हुक्मरानों की कुर्सी डांवाडोल होती है तो वे आक्रमण कर देते हैं और जब चुनाव जीतना हो तो हमारे राजनीतिज्ञ यही काम कर बैठते हैं। ख़ैर! यह तो लम्बी-चौड़ी बहस है। नफ़े सिंह के शहीद होने पर उसके बाप रणसिंह को ढाई लाख रुपये मिलने थे और बहू को दस लाख और पैट्रोल पम्प या गैस एजेंसी परन्तु उसमें तो समय लगना था। वह एक कहावत है ना कि गांव बसने से पहले भिखारी आ पहुंचे। वही बात इस परिवार के साथ हुई। रणसिंह की बड़ी लड़की जो नफ़े के विवाह में चुप थी, जब वह नफ़े की मौत पर आई तो उसकी सास ने कहा, 'सुन बेटी! हमने बहुत सब्र कर लिया, जब तुम्हारा विवाह हुआ तो तुम्हारे बाप की आर्थिक दशा अच्छी नहीं थी। कुछ भी दहेज देने में वे सक्षम नहीं थे, इसलिए हम चुप हो गए थे। फिर तुम्हारे भाई के विवाह में, तेरा छोटा जीजा नफ़े से मोटर साइकिल ले गया। तब भी हमने कुछ नहीं कहा था। अब मौक़ा मत चूक ना। कारगिल में मरने वालों को बहुत धन दे रही है सरकार। अबकी बार अपना हिस्सा लेकर आना, नहीं तो हमारे घर आने की कोई ज़रूरत नहीं। सुना या नहीं?' बेटा ज़माना ख़राब आ गया कोई समय या हालात नहीं देखता, अपना स्वार्थ साध लेते हैं सब।

"सास तो डूब ही गई थी, लड़की भी डूब गई। उसने सारी बात अपनी दुखियारी भाभी, नफ़े की पत्नी से कह दी थी।

"उधर नालायक रणसिंह झगड़ा करने लगा कि लड़का तो मेरा मरा। रुपये और गैस एजेंसी तो मुझे ही मिलनी चाहिए। उसने सरकार को चिट्ठी भी लिख दी कि मेरे लड़के का तो विवाह ही नहीं हुआ था, परन्तु फ़ौज में तो सारा रिकार्ड था। नालायक फिर भी नहीं माना। अर्जी दे दी फ़ौज में और कचहरी में भी नालिश ठोक दी कि नफ़े की पत्नी तो नफ़े को छोड़कर चली गई थी, अपने घर रहने लग गई थी। पंचायत लेने गई फिर भी नहीं आई थी। कहती थी, मुझे ऐसा ग़रीब घर पसन्द नहीं और नफ़े तो मुझसे पढ़ा-लिखा भी कम है। मैं तो अपने मनपसन्द के आदमी से विवाह करना चाहती थी परन्तु वह मेरी जाति का नहीं था। इसलिए मेरे पिता ने मेरी जात-बिरादरी वालों में मेरा विवाह जबरदस्ती कर दिया था। रणसिंह ने यह भी लिखा अर्जी में कि बहू तो ससुराल में मुश्किल-से एक महीना रही थी। फिर कभी नहीं आई इसके पेट में बच्चा भी पता नहीं किसका है? इसकी जांच होनी चाहिए। अब नफ़े की शहादत पर मिलने वाले रुपये और पैट्रोल पम्प, गैस एजेंसी के लिए सफ़ेद कपड़े पहनकर आ बैठी है, मेरी छाती पर।

"गांव की पंचायत, रिश्तेदारों ने बहुत समझाया बिलकुल नहीं माना नालायक और देख, जो सौतेली बहन नफ़े ने अपने ख़ून-पसीने से सींचकर पाली-पोसी, पढ़ाई-लिखाई, वे भी अपने बाप के साथ हो गईं और उनके आदमी भी। बेटा, यह नगदी की माया बड़ी ख़राब होती है। बड़े-बड़ों के ईमान-धर्म डोल जाते हैं और रणसिंह तो था ही शुरू से कमीनी नीयत का।

"बेटा, तुम्हारे पिता और तुम्हें तो पता है कचहरी के चक्करों का। जो एक बार फंस गया तो निकलना मुश्किल है। नफ़े की पत्नी पर पहाड़ टूट पड़ा। एक तो नफ़े नहीं रहा, ऊपर से बदकारी का इल्जाम। सारे गांव ने फ़ौजी नुमाईन्दे को लिखकर भेजा। कोर्ट में गवाही के लिए तैयार हो गये थे कि जो सच है वह कहेंगे। बहू का कोई कसूर नहीं है। तुम तो जानते हो कोर्ट-कचहरी फरियाद नहीं सुनती। गवाही सुनती है, सबूत मांगती है और गवाही सबूतों के आधार पर फ़ैसले लिखती है। न्याय नहीं करती। तभी तो वहां न्याय की देवी की आंखों पर पट्टी बांध रखी है।

"पहले ज़माने में गांव-देहात में, गोत-नात खाप की पंचायत बैठा करती। वादी-प्रतिवादी दोनों की सुनकर तुरन्त फ़ैसला कर दिया करती जो सभी को मानना पड़ता था। समाज का दबाव इतना अधिक था। मैं यूं नहीं कहता कि वहां सभी फ़ैसले सौ प्रतिशत ठीक होते थे परन्तु पंचायत के पंच परमेश्वर माने जाते थे और समाज के जाने-माने इज़्ज़त-आबरू-वाले लोग होते थे। सब-कुछ बिना ख़र्च के हुआ करता। अब तो भाई! केस हारने वाले तो लुटते ही हैं, लुटने से बचता जीतने वाला भी नहीं। तारीख़ पर तारीख़। ये वकील इतना लम्बा खींच देते हैं मुक़दमे को कि दम निकल जाता है मुक़दमा लड़ने वालों का।

"सारी गवाही बहू की तरफ़ थी, फिर भी रणसिंह के वकील ने पैदा होने वाले बच्चे की वह क्या करते है? डी.एन.ए. जांच ऐसी होती है कि उससे सही पता लग जाता है कि बच्चे का असली मां-बाप कौन है?" दादा तैश में आ गया, गाली देकर बोला, "तुम्हारी .... की, मुझे यह बताओ जबसे दुनिया बनी है, क्या ये तुम्हारे डी.एन.ए. टैस्ट होते थे? बच्चे औरत के हैं यह बात सच है परन्तु उसका पिता कौन है, यह तो विश्वास ही है ना? आज इस डी.एन.ए. टैस्ट को तुम ठीक कहते हो, पहले ख़ून का कोई और टेस्ट होता था, उसे ठीक कहते थे। कुछ सालों बाद कोई और इससे बढ़िया टेस्ट आ जाएगा परन्तु बेटा! दुनिया विश्वास पर कायम है और रहनी चाहिए। जब से व्यक्तियों का एक-दूसरे से विश्वास उठ गया, तब से अधिक झगड़े होने लगे। पहले समाज टूट रहा था, अब परिवार टूटने लगे हैं और यह बात क्या अकेली नफ़े की बहू के साथ हो रही थी। इस कारगिल के पैसों ने बहुत-से बसे-बसाए घर उजाड़ दिए। कइयों के पीहरवाले तो इन पैसों के लिए अपनी लड़कियों को वापिस ले गए और कई बावली, तुझे पता है कि इन सिपाहियों की घरवाली कम पढ़ी-लिखी होती हैं और अनाड़ी होती हैं। उन्हें भड़काने वाले बहुत होते हैं - कोई घरवाले का दोस्त और कोई मामा का बेटा। पूछो मत कितने झमेले हुए इस कारगिल के बाद। ख़ैर! अब बात अटक गई कि पहले बच्चा हो फिर उसका टैस्ट हो। जब नफ़े छुट्टी पर आया हुआ था तो दस दिन रुका था। तभी फ़ौज से वापिस बुलावा आ गया। तो पूरे नौ महीने से

बच्चा हुआ। हुआ तो बहू के भाग्य से लड़का, भाई! और शक्ल-सूरत बिलकुल गई थी नफ़े पर परन्तु सूरत को तो जज क्या मानता? बेचारे का होते ही ख़ून लिया गया। क़िस्मत की मार ख़ून का सैम्पल रास्ते मे ही ख़राब हो गया। अब अदालत ने कह दिया कि टैस्ट वहीं जाकर करवाया जाए, सरकारी ख़र्च पर। ख़ैर! बहू बेचारे छोटे से लड़के को लेकर हैदराबाद गई - टैस्ट करवाकर आई। बता, इस जुल्मी दुनिया में आते बच्चा दुख पाने लगा कि नहीं।

"बेटा! तुम मुझे एक बात बतलाओ। अगर कुछ अनहोनी हो जाती, बच्चा पेट में ही ख़राब हो जाता या फिर टैस्ट कराने से पहले भगवान न करे उसको कुछ हो जाता तो फिर भी तो अदालत को कोई-न-कोई फ़ैसला देना ही पड़ता ना? तब भी तो गवाहियों को सुनकर ही फ़ैसला देना पड़ता कि नहीं। परन्तु जजों का भी क्या कसूर है? उनके हाथ भी तो क़ानून ने बांध रखे है ना।

"ख़ैर! सांच को क्या आंच होती है। जैसे सीता माता अग्नि-परीक्षा में खरी उतरी थी, धोबी के लांछन लगाने पर, यूं ही नफ़े की बहू इस अग्नि-परीक्षा में खरी सोने जैसी होकर बाहर आई। डी.एन.ए. टैस्ट ने बता दिया कि लड़का नफ़े का असली लड़का है।

"अदालत ने फ़ैसला सुनाया कि सरकारी दस लाख और गैस एजेंसी तो बहू को मिलेगी। रणसिंह पर हरजाना है कि वह शहीद की बेवा को नाहक़ परेशान करके उसको बदनाम करने का हरजाना दो लाख रुपये भरेगा। जो उसको फ़ौज से दो लाख रुपये नफ़े के मरणोपरान्त मिले थे, उन्हें वापिस भरेगा। रुपये नहीं देगा तो दो साल की क़ैद होगी। रुपये तो बेटा वकील और उसके जमाई मिलकर पहले ही ख़त्म कर गए थे। सो अब रणसिंह को जेल जाना पड़ा और वहां से पागल होकर निकला तो तब इसको अड़िया पागल कहने लग गए।

"अब धक्के खाता-फिरता है - कभी कूड़े के ढ़ेर पर, कभी गांव में, कभी शहर में, परन्तु पता नहीं बेटा, बैरी को नफ़े की शहादत का दिन कैसे याद रहता है। एक दिन पहले गांव में आ मरता है, जैसे आज आ गया।"

“दादा! फिर बहू का क्या हुआ? वह तो अब भी कमउम्र की है। क्या उसका विवाह उसके घरवालों ने और कहीं नहीं किया,” मैंने पूछा।

“नहीं बेटा, बहू तो साक्षात् देवी है। जिस दिन नफ़े की शहादत के रुपये मिले, गैस एजेंसी मिली, अपने गांव से हमारे गांव में आई। पंचायत इकट्ठी की और बोली, ‘पंचो, मैं तुम्हारी बहू हूं, तुम्हारी लाज थी और रहूंगी। अपने शहीद पति की इज़्जत खोऊंगी नहीं। पढ़ी-लिखी हूं। सरकार ने मास्टरनी लगा दी। सो, अपना और अपने बेटे का पेट पालने के लिए मेरे पास काफ़ी है। फिर मेरे मां-बाप मेरे साथ हैं। मुझे न तो यह दस लाख रुपया चाहिए, न एजेंसी। क़ानूनन एजेंसी मेरे नाम रहेगी, मजबूरी है परन्तु मैं अपने पति के चार एकड़, जो मेरे पति के ऋषि-मुनियों जैसे दादा ने उसके नाम किए थे, उसपर इन दस लाख रुपयों से लड़कियों का एक तकनीकी स्कूल खोलूंगी। एक ट्रस्ट बना दो, तुम मिलकर उसकी देखभाल करना।’

“इतना सुनकर क्या पंचायत चुप रहती। बेटा! उस ट्रस्ट की चेयरमैन बहू अमृता को बना दिया और वहीं खड़े-खड़े पचास लाख रुपये और इकट्ठे करने की घोषणा कर दी लोगों ने। एक कहावत है कि धन और ताक़त सबकी मति फिरा देता है। पाधे जी ने रामायण की चौपाई भी सुनाई थी इस बात पर -

को अस जनमा एह जग माहीं
अधिकार पाए अहमति तिन नाहीं ॥

“बेटा! सारी सियासी पार्टियों ने नाक रगड़ लिया उस बहू अमृता के आगे कि उनकी टिकट पर चुनाव लड़ ले, परन्तु बहू ने एक नहीं सुनी। बोली, ‘मुझे कुछ नहीं चाहिए। मेरे पति का जो मान-सम्मान अब है, मैं उसे खोना नहीं चाहती।’

“बेटा! बहू से बेटी पैदा हो तो बहू अमृता जैसी। ग्रन्थ साहिब में भी लिखा है -

जननी जनै तो भगत जन कै दाता कै शूर
ना तो जननी बांझ रहै बिरथा गंवावे नूर।

"और भाई, नफ़े अपने नाम को चरितार्थ कर गया। आप बेचारा कभी सुख नहीं पा सका, पैदा होते ही बाप की लाटरी निकली थी। मरने के बाद गांव प्रदेश और देश का नाम कर गया। गांव को इतनी बड़ी संस्था दे गया, अमृता जैसी बहू दे गया। नफ़े का नाम जिसने भी रखा हो, कुछ भी सोचकर रखा हो, परन्तु काम भाई नफ़े वाले कर गया हमारा सपूत," कहते-कहते दादा फिर खर्राटों में पहुंच गया।

कहानी तो नफ़े की लगभग ख़त्म हो चुकी थी और काम भी ख़त्म हो चुका था। खेत बाधे पर दे दिया था। इकरारनामा भी लिखवा लिया था, क्योंकि कभी बचपन में सुन रखा था कि तहरीर, रसीद लिख दी है किसी वक़्त ज़रूर काम आएगी।

पहले जुबान का वचन था। वह तो अब यूं कहने लग गए कि चमड़े की जुबान फ़िसल गई।

हां तो मैं कह रहा था कि नफ़े की कहानी तो तक़रीबन ख़त्म हो गई परन्तु एक-दो सवाल मेरे दिमाग़ में कुलबला रहे थे कि इतने बडे सपूत की इतनी देवी जैसी पत्नी अकेली क्यों आई समाधि पर फूल चढ़ाने, सारा गांव कहां मर गया था, बल्कि यह पंचगामे (पांच गांवों का समूह) का फर्ज नहीं था कि शहीदी दिवस मनाता। फिर डॉ. दहिया के रिश्ते की बात भी तो करनी थी नम्बरदार रिसाल सिंह से।

शाम को नम्बरदार रिसाल सिंह खाना खाकर जब ऊपर चौबारे में जाने लगा तो बोला, "शमसेर बेटा! आज कहां सोने का इरादा है।"

मैं बोला, "आज तो ऊपर आपके पास सोऊंगा।"

"आजा फिर," कहकर नम्बरदार ऊपर चढ़ गया। मैंने थोड़ी देर दादा कचरू के पैर दबाए और ऊपर आ गया। यह भी डर था कि कहीं नम्बरदार सो न जाए। गांव के आदमियों की खासियत यह है कि यूं तो चाहे सारी रात खेत में पानी दिलवा लो और चाहे कोल्हू में गन्ने चिड़वा लो, परन्तु जब चारपाई पर कमर सीधी करते हैं तो पलों में खर्राटे गूंजने लग जाते हैं, क्योंकि

न तो वे कोई विशेष सोच-फ्रिक रखते हैं और न ही लाग-लपेट। इसलिए सुख की नींद सोते हैं।

मैं सोचता-सोचता सीढ़ियों से ऊपर चढ़ा कि पहले नफ़े सिंह के शहीदी दिवस की बात करूं या डॉक्टर दहिया की। फिर सोचा कि पहले नफ़े वाली बात करूं। फिर नम्बरदार का मूड देखकर डॉ. दहिया वाला ज़िक्र छेड़ दूंगा। ऊपर गया तो नम्बरदार ने किसी से फ़ोन पर बात ख़त्म की थी। मुझे आया देखकर बोला, "बेटा शमसेर! अबकी बार तो तुमने अपने सारे दिन दादा के साथ काट दिए। हम तो बिलकुल कोरे रह गए , तुझसे नए ज़माने की कोई बात नहीं सुनी इस बार।"

मैं अपनी चारपाई पर बैठकर बोला, "असल में दादा के पास ज्ञान का ख़ज़ाना इतना भरा है और एक उसके सुनाने का अन्दाज़ इतना दिलचस्प है कि उठना मुश्किल हो जाता है।"

नम्बरदार अपने पिता की तारीफ सुनकर ख़ुश हो गया। तारीफ सुनकर भला कौन ख़ुश नहीं होता?

फिर मैंने पूछ लिया, "नम्बरदार नाना, दादा से नफ़े और उसके खानदान की दुख-भरी कहानी तो सुन ली परन्तु मुझे एक बात समझ नहीं आई कि नफ़े का बलिदान दिवस गांव क्यों नहीं मनाता? वह बहू अकेली माला चढ़ाकर चली गई। पहले तो नफ़े गांव का सपूत था और फिर बहू ने जो त्याग दिखाया, वह गांव वाले चार साल में ही भूल गए।"

नम्बरदार थोड़ा-सा गंभीर हो गया। मेरी बात सुनकर फिर बोला, "तुमने अपने दादा से कहां तक बात सुनी है?"

मैं बोला, "जब अमृता ने सारा पैसा और गैस एजेंसी की आमदनी नफ़े की याद में महिला तकनीकी स्कूल खोलने के लिए दे दी थी और पंचगामे की पंचायत ने भी दिल खोलकर दान देकर संस्थान बनवाने की शुरूआत की थी परन्तु मैंने तो न वह तकनीकी संस्थान देखा और न ही और कुछ और जब कारगिल की लड़ाई हुई और ये सब बातें हुई तो मैं यहां नहीं था - अमेरिका में था।"

नम्बरदार बोला, "बेटा! एक तो नफ़े था.ही बदनसीब। बेशक उसके पैदा होने पर रणसिंह की लाटरी निकली थी परन्तु उसने सुख न जीते-जी देखा, न मरकर। पंचगामे में तुम जानते हो कि हमारे, मतलब तेरी मां के गोत्र के जमींदार रहते हैं।"

मैं बोला, "हां, परन्तु इस बात में नफ़े के बदनसीब होने का क्या अर्थ है?"

"बेटा, नफ़े का परिवार हमारे गांव से निकलकर डेढ़-दो किलोमीटर की दूरी पर खेड़ी में रहा करता। कुल मिलाकर पच्चीस कूढ़ियों (परिवारों) का गांव था खेड़ी। गांव भी क्या जैसे आजकल शहर में वह क्या कहते हैं एक्सटेंशन या विस्तार, जैसे रोहिणी-विस्तार है दिल्ली में, ऐसे ही यह गांव खेड़ी कहलाता था। असल में नफ़े के पूर्वज लगभग सौ वर्ष पहले, राजस्थान के जयपुर राज से एक जुल्मी ठाकुर के सताए हुए आए थे। यहां के गांव-वालों ने उन्हें यहीं बसा लिया था। तब हर गांव में शामलात ज़मीन हुआ करती। जनसंख्या थोड़ी थी और ज़मीन बहुत हुआ करती। पंचगामे में हमारे पुरखों ने कहा, 'तुम हमारे जात भाई हो, यहीं रुक जाओ।' उपजाऊ धरती थी, मेहनती जाट थे, राजस्थानी बागड़ी, धरती को तोड़कर पहले खेती शुरू की। फिर पंचगामे से इजाज़त लेकर खेड़ी बसा ली थी, अच्छा भाईचारा था, सब मौज में थे परन्तु तुम जानते हो, पिछले कुछ वर्षों में सारे हरियाणे में राजनीति ने पैर पसार लिये और माहौल ख़राब कर दिया। पहले गांव वाले मिलकर इज़्ज़तदार खरी बात कहने वाले लोगों को पंच बनाया करते। तब पंचों को चुनने के लिए वोट नहीं पड़ती थी। कोई शामलात काम जैसे चौपाल बनवानी हो, जोहड़ (तालाब) खुदवाना हो, मन्दिर बनवाना हो या फिर कोई आपसी रंजिश, झगड़ा, बंटवारा करना होता तो सारा गांव इकट्ठा होकर उस काम के लिए पंच चुन लेता और उन पंचों का फ़ैसला परमेश्वर का फ़ैसला माना जाता था।

"अब तो पंच और सरपंच के चुनाव में नोट और शराब का ज़ोर रहता है। ग़रीब आदमी तो पंच बन नहीं सकता और बनने के बाद ये पंच-सरपंच अपनी झोली भरने लग जाते हैं। यूं सभी तो एक जैसे नहीं होते परन्तु एक-आध ठीक भी निकल जाते हैं परन्तु ठीक आदमी बीज वारा ही है।"

"परन्तु नाना! अब हरिजन बैकवर्ड और औरतों का आरक्षण भी हो गया," मैं बोला।

"हां बेटा, हुआ तो है और उसका कुछ-कुछ फ़ायदा भी होने लगा है परन्तु अब भी अधिकतर तो पैसे ताक़त व धाक वाला, रौबदार जमींदार अपने साझी मुजारे हरिजन को खड़ा कर देता है। फिर अपने रसूख दबदबे और ताक़त के बल पर उन्हें, जितवाकर ख़ुद ही राज करते हैं, पंचायत चलाते हैं। कमोबेश यही हाल महिला पंच व सरपंचों का है। एक-आध औरत अपनी पंची-सरपंची करती है, नहीं तो उनके घर-वाले राज चलाते हैं गांव में। लेकिन आहिस्ता-आहिस्ता कुछ फ़र्क़ भी पड़ने लग गया है।

"हां, तो मैं कह रहा था कि इन चुनावों की वजह से सारा झगड़ा हुआ। असल में खेड़ी की अपनी पंचायत कोई नहीं थी। उनकी और हमारे गांव की एक ही पंचायत थी। कई सालों से वह हस्पताल के पास नीले रंग की कोठी देखी होगी तुमने। उसमें रहने वाला ज़ोरावर सिंह सरपंच बनता आ रहा था। वह काम तो कुछ करता नहीं था। पंचायत सेक्टरी के साथ मिलकर अपना घर भरने लगा था।

"तब पंचायत में चुनाव नहीं आए थे। गांव की सारी जाति-गोत-नात बड़े प्रेम-भाव से रहते थे। हमारे गोत की आबादी बहुमत में थी। ऐसी कोई विशेष बात नहीं थी परन्तु पंचायत के सरकारी चुनाव ने पहले तो जाति-पाति-गोत-नात का बंटवारा कर दिया। फिर चुनाव में पैसे और शराब का बोलबाला होने लगा, पिछले प्लान चुनावों में..."

मैंने पूछ लिया, "नाना यह प्लान क्या होता है?"

नम्बरदार हंसकर बोला, "बेटा, सरकारी पंचवर्षीय योजना माने फाइव ईयर प्लान को हमारी देहाती भाषा में प्लान कहते हैं। तो मैं कह रहा था कि पिछले प्लान में हमारा मेघुल गोत दो धड़ों में बंट गया था और एक धड़ा खेड़ी वाले सिमरन गोतियों में मिल गया था। इसलिए ज़ोरावर हार गया था, सरपंची के चुनाव में। इस तरह गांव के इतिहास में पहली बार सिमरन गोत का सरपंच बन गया था। इस नए सरपंच का नाम था कर्मचन्द। वह नफ़े के दादा भरतू के भाई का लड़का है।

"सरपंच तो बन गया परन्तु मेघुल गोत-वालों की छाती पर सांप लोट गया और ज़ोरावर का धड़ा तो कर्मचन्द और सारे सिमरन गोतियों को सबक सिखाने की तरकीब सोचता रहता था। एक दिन ज़ोरावर धड़े के हाथ एक तरकीब आई।

"हुआ यूं कि कर्मचन्द के लड़के वीरेन्द्र का विवाह तक़रीबन पांच वर्ष पहले महेन्द्रगढ़ जिले के एक गांव में हुआ था। उस गांव में कुछ घर हमारे गोत्र मेघुल के भी बसे हुए थे। उस वक़्त तो किसी ने ध्यान नहीं दिया कि लड़की वालों का गोत्र पिथोरा नहीं, मेघुल है परन्तु तुम तो जानते ही हो कि हमारे रिवाज है कि गोत्र में विवाह नहीं होते और गोत्र में क्या, अगर एक गांव में दो गोत्र के लोग रहते हों तो दोनों गोत्रों को टालना पड़ता है, चाहे लड़की का विवाह हो या लड़के का। गांव में रहना करके दोनों गोत्र भाई माने जाते हैं और इसलिए भाई-बहन में क्या रिश्ते होते हैं?

"वीरेन्द्र के विवाह में जब बारात आई थी तो थोड़ी-सी सुगबुगाहट तो हुई थी कि लड़की मेघुल गोत की है, परन्तु तब यह कहकर बात दबा दी कि लड़की तो अपने मामा के पास गोद गई हुई है इसलिए उसका गोत अलग हो गया।

"उस समय तो मेघुल गोत्र के बाराती भी पकवान खाकर चटकारे लेकर चले आए थे परन्तु कर्मचन्द के सरपंच बनने के बाद ज़ोरावर के धड़े को यह बात रास आ गई। उसने इस बात को अपनी इज़्ज़त-बेइज़्ज़ती का सवाल बना लिया। वे कहने लगे कि मेघुल गोत्र की लड़की गांव में बहू बनकर नहीं रह सकती। यह विवाह तोड़ना पड़ेगा।

"वीरेन्द्र के अब तक दो बच्चे - एक लड़का, एक लड़की हो चुके थे। गांव के बड़े-बूढ़ों ने बात पुरानी हो गई कहकर मामला रफा-दफा करने की कोशिश की थी परन्तु ज़ोरावर के उकसाए हुए मेघुल गोत्र के नौजवान अपनी बात पर अड़ गए। और वे सरपंची में हुई अपनी हार का बदला चुकाने का मौक़ा गंवाना नहीं चाहते थे। हालांकि हार का असली कारण तो मेघुल गोत्र के एक धड़े का विभीषण बनना था, क्योंकि इनकी साजिश के बिना तो

सारी जातियों के लोग मिलकर मेघुल गोत-वालों के बहुमत आगे नहीं टिक सके थे।

"परन्तु तुम जानते हो जब कि कुम्हार का कुम्हारी पर तो बस चलता नहीं, वह अपना गुस्सा गधे पर निकालता है। इस चुनाव के बाद जो धड़ा अलग हो गया था, वह भी ज़ोरावर से आ मिला। अब सारे पीछे पड़ गए कि रिश्ता तोड़कर बहू को वापिस भेज दो। नया सरपंच कर्मचन्द जानता था कि यह सारा झगड़ा सरपंची का है। उसने कहा भी था कि वह सरपंची से इस्तीफा देने को तैयार है, अगर इस मामले को ज़ोरावर छोड़ दे, तो परन्तु ज़ोरावर तो एक झटके में सभी सिमरन गोतियों की अकड़ निकालने को तैयार बैठा था। पहले-पहले तो खुसर-फुसर होती रही परन्तु फिर मामला तूल पकड़ गया। कर्मचन्द का परिवार सहमा हुआ था। वे खेतों में भी डरते-डरते जाते थे। फ़सल भी बिना देखभाल के ख़राब हो रही थी। कर्मचन्द ने अपने पुत्र और पुत्रवधू को बाहर भेजने की कोशिश की परन्तु दुश्मन चौकस थे। पूरी घेराबन्दी कर रखी थी। फिर ज़ोरावर के उकसाने पर पंचगामे की पंचायत बुला ली गई थी। जिस दिन यह पंचायत हुई, मैं तो तेरे दादा के गदूद का आपरेशन कराने रोहतक मेडिकल कॉलेज गया हुआ था। अड़ोस-पड़ोस वालों से जो सुना वह बतलाता हूं कि पंचायत में क्या हुआ?

"पंचायत में कर्मचन्द और सिमरन गोत्र वालों ने अपनी ज़मीन-जायदाद बेचकर वापिस राजस्थान, अपने गांव जाने का प्रस्ताव किया था, पर पंचों ने वह कुबूल नहीं किया। फिर तो ज़ोरावर ने अपनी चालाकी, अपने पुराने दबदबे, अपने गोत्र के बहुमत और बिके हुए पंचों के दम पर फ़ैसला करवा लिया कि प्रमिला (हां, यही नाम था वीरेन्द्र की बहू का) वीरेन्द्र को भाई मानकर पंचायत में उसके हाथ पर राखी बांधे तथा बच्चे वीरेन्द्र के पास रहेंगे। कर्मचन्द प्रमिला को अपनी बेटी मानकर उसका विवाह कहीं और करेगा। इस ग़लत, नाइंसाफ़ी वाले फ़ैसले पर भौंहे तो उठीं, परन्तु जुबान किसी की भी न खुली।

"फिर पंयाचत में प्रमिला को बुलाया गया। मेघुल गोत्र के लोगों के इतने बहुमत के आगे, जो जेली, गंडासे और बन्दूकों से लैस था, सिमरन गोत्र के लोग हारे हुए पांडवों की तरह आंख नीची करके बैठे रहे। प्रमिला

अपनी सास के साथ आई, साथ ही सिमरन गोत्र की दस-बारह औरतें भी थीं। उनको दूर रोक दिया गया यह कहकर कि पंचायत में औरतों का क्या काम? अकेली प्रमिला को पंचायत के चबूतरे पर बुलाया गया। वह बेचारी कांपती हुई वहां खड़ी थी।

"सर्वखाप का मुखिया, जो ज़ोरावर के टोले का ही आदमी था, ने अपनी जुबान में शहद घोलकर जहर से भी अधिक कड़वे शब्द कहे, 'बेटी प्रमिला! पंचायत का फ़ैसला है कि मेघुल गोत्र की बेटी होने की वजह से तुम पूरे पंचगामे की बेटी हो इसलिए तुम्हें घूंघट निकालने की ज़रूरत नहीं है। तुम घूंघट हटाकर अपने भाई वीरेन्द्र को राखी बांधो और फिर कर्मचन्द तुझे अपनी बेटी मानकर तेरा विवाह कहीं और करेगा।' प्रमिला के साथ क्या बीती होगी, यह वही जानती है। पंचायत में हज़ारों लाखों साल पुराना सीन दोहराया जा रहा था। आज फिर एक द्रौपदी सभा में खड़ी थी और उसके पति-देवर-जेठ हारे हुए जुआरियों की तरह सिर नीचे किए बैठे थे। दूसरी तरफ़ पंचायती दुर्योधन, दुःशासन और धृतराष्ट्र बने मूछों पर ताव दे रहे थे।"

मैंने पूछ लिया "दादा, अगर तुम वहां होते तो क्या ये फ़ैसला होने देते?"

इस बात पर नम्बरदार कई देर चुप रहा। फिर बोला, "बेटा तुम पढ़े-लिखे हो। शहर में रहे हो। गांव-देहात के रीति-रिवाज को नहीं जानते। हमारे गांव-देहात में आज भी आदिवासी तौर-तरीक़े, रीति-रिवाज कायम हैं। मैं अकेला उनका मुकाबला नहीं कर सकता। अगर कुछ कहता तो भी बहुमत के सामने मेरी बात नहीं सुनी जाती।"

फिर आगे की बात बतलाने लगा, "प्रमिला की आंखें ज़मीन में गड़ी हुई थीं। वह अपने पांव के नाख़ून से धरती खुरच रही थी। सोच रही थी कि मैं सीता भी नहीं कि धरती फट जाए, द्रौपदी भी नहीं कि महाबली कृष्ण भगवान मेरा चीरहरण रोक लें।

"प्रमिला का चुपचाप खड़ा होना ज़ोरावर और उसके साथियों को कैसे भाता? उन्होंने मुखिया को कहा। मुखिया ने अपने पास बैठे पहलवान से कहा, 'तुम जाओ, बेटी प्रमिला की मदद करो। इसका घूंघट हटाओ।'

वह पहलवान प्रमिला की तरफ़ चला ही था कि औरतों के झुरमुट से गरजती हुई आवाज़ आई, "रुको।"

सबका ध्यान उस तरफ़ गया तो देखा कि लाठी ठकठकाती गांव की दाई धांपा आ रही है। धांपा हरिजन थी। उसकी उम्र अस्सी-पिच्चासी वर्ष की थी। स्याह काला रंग, कमर कमान की तरह झुकी हुई। बिना दांतों का पोपला, पिचका हुआ मुंह, परन्तु बड़े रौब से एक-एक क़दम रखती पंचायत के चबूतरे की तरफ़ आ रही थी।

"सारे गांव के अधिकांश बच्चों को जन्म दिलाने का काम उसी के हाथों हुआ था। ज़ोरावर और मुखिया का जन्म भी तो उसी ने करवाया था। चार-चार पांच-पांच पीढ़ियों के जन्म की गवाह थी धांपा। उसका घरवाला तो लगभग बीस साल पहले मर गया था। उसकी अपनी कोई औलाद नहीं थी। सारा गांव उसके एहसानों के नीचे दबा हुआ था और वह हर भेद जानती थी, इसलिए सब उससे डरते भी थे।

"इससे पहले कि कोई कुछ कहता, विरोधकर्ता धांपा पंचायत के चबूतरे पर प्रमिला के साथ आकर खड़ी हो गई। उसने प्रमिला का कांपता हाथ अपने बूढ़े, मगर मजबूत हाथों में पकड़ लिया।

"धांपा की कड़कदार व बुलन्द आवाज़ तो पहले ही मशहूर थी। लेकिन आज तो उसकी आवाज़ का जादू ही अलग था।

"धांपा बोली, 'इस बेजान गाय जैसी पराई लड़की पर कहर ढाते हुए शरम नहीं आई। पहले तुम अपने गिरेबान में झांककर देखो, फिर इस लड़की पर हाथ उठाना। अगर मैंने इन सभी पंचों की पोल खोलनी शुरू कर दी तो कहीं छिपने को ठिकाना नहीं मिलेगा। सभी के घरों में माटी के चूल्हे हैं।' उसकी बात सुनकर सारी पंचायत को सांप सूंघ गया। धांपा प्रमिला को अपने साथ लेकर चल पड़ी और उसके इशारे से उसका पति वीरेन्द्र भी उनके पीछे हो लिया। गांव के बस स्टैंड पर पहुंचकर देखा लोकल बस तैयार खड़ी थी। धांपा ने उनको बस में बैठाकर कहा, 'जाओ बच्चो, सुखी रहो! इस निकम्मे गांव की तरफ़ कभी मुंह करके भी न देखना।'

“प्रमिला रोती-रोती बस में चढ़ने लगी। फिर वह झुककर धांपा के पैरों में गिर पड़ी। लेकिन वीरेन्द्र, उसका पति चाहते हुए भी धांपा के पैर नहीं छू पाया, क्योंकि उसका जातिगत अभिमान उसको हरिजन औरत के पैर छूने से रोक रहा था।

“बेटा! यह कहानी यहीं ख़त्म हो जाती तो ठीक रहता परन्तु सुखद अन्त की कहानी फिल्मों और किताबों में ही शोभा देती है। तुम तो जानते हो कि हर देश, समाज और काल जिसमें द्रोपदी पैदा होती है, उसमें दुर्योधन भी पैदा होते हैं। रोज़ निर्वस्त्र होती इन द्रौपदियों को भगवान कृष्ण तो क्या धांपा दाई भी नहीं मिलती। क़िस्सा यह हुआ कि पंचायत होने के अगली रात धांपा की झोंपड़ी में आग लग गई और झोपड़ी धांपा सहित जल गई। आग किसने लगाई थी, उसे जानते तो सब हैं परन्तु हम सब कलयुगी धृतराष्ट्र हैं। हमें सब-कुछ दिखकर भी कुछ नहीं दिखता।

“बस बेटा, इस घटना के बाद एक दिन रातों-रात सिमरन गोत के लोग खेड़ी छोड़कर चले गए और आज तक नहीं आए। नफ़े क्योंकि सिमरन गोत का लड़का था, पंचगामे ने फ़ैसला ले लिया कि उसकी बहू के दान से पंचगामे में कोई संस्था नहीं खोली जाएगी। कई शरारती लोग तो नफ़े की प्रतिमा को तोड़ना चाहते थे परन्तु पुलिस कप्तान और डिप्टी कमीशनर ने आकर कहा था कि अगर प्रतिमा तोड़ी गई तो सरपंच और पंच ज़िम्मेवार होंगे और तोड़ने वालों का पता न देने पर गांव की बिजली काट दी जाएगी, नहर का पानी रोक दिया जाएगा, बैंक की शाखा बन्द कर दी जाएगी, तब जाकर इन बेवक़ूफ़ों को अक्ल आई।

“नफ़े के नाम का तकनीकी संस्थान तहसील हेडक्वार्टर पर खोल दिया गया। खेड़ी-वालों के मकान अब भी बन्द पड़े हैं और खेत उजाड़। यही कारण ा है कि न स्कूल खुला और न ही नफ़े का शहीदी दिवस मनाया जाता है। इस दिन बस बहू और नफ़े का लड़का आकर माला पहना जाते हैं। लेकिन एक बात मैं बहू की पीठ-पीछे कह रहा हूं कि अगर गांव की कोई लड़की मदद के लिए उसके पास चली जाती है तो वह उसकी सहायता करने में

कमी नहीं छोड़ती। उसकी गैस एजेंसी के दफ़्तर में नौकरी कर रही सभी लड़कियां गांव की ही हैं।"

नम्बरदार बोला, "बेटा! हमारे गांव-देहात के लोग इस इक्कीसवीं सदी में रहते हुए भी सोच-ख़याल से आदिवासी हैं। अपने पुराने ग़लत रीति-रिवाज को भी छोड़ने को तैयार नहीं। अच्छा, अब सोते हैं। रात बहुत हो गई।" कहकर नम्बरदार ने बात ख़त्म कर दी। नम्बरदार के खर्राटे गूंजने लगे और मैं सोच में पड़ा हूं कि नम्बरदार से कैसे डॉ. दहिया के विवाह की बात करूं। उसकी आखिरी बात कि हम आदिवासी विचारधारा को छोड़ नहीं सकते, से तो मेरी रही-सही हिम्मत भी जाती रही। अब डॉ. दहिया को कल क्या जवाब दूंगा? मेरे पास तो कोई जवाब है नहीं।

आज छः माह बाद मैं फिर इस गांव में आया तो मन कड़ा करके अस्पताल में गया कि डॉ. दहिया को सारी बात बता दूंगा। अस्पताल गया तो पता लगा कि डॉ. दहिया नौकरी छोड़कर अमेरिका चला गया। मैं हैरान था कि जो आदमी अपने इलाक़े की सेवा करने की बात किया करता और काम भी अच्छा कर रहा था, ऐसा कैसे हो गया? मैं सोचता-सोचता नम्बरदार की बैठक में आ गया। नम्बरदार बड़े प्यार से मिला। पहले भी ऐसे ही मिला करता। बोला, "शमसेर, बड़े मौक़े पर आया है बेटा तू। आज अमिता अमेरिका जाएगी। रात तीन बजे हवाई जहाज़ की रवानगी है। तुम जल्दी-से खाना खा लो, फिर चलेंगे उसे छोड़ने।"

अमिता को हवाई जहाज़ में बैठाकर वापिस आते हुए मैं सोच रहा था कि मैं तो अमेरिका से दुखी होकर, मजबूर होकर वापिस आया था परन्तु डॉ. दहिया और अमिता के सामने अपनी मोहब्बत परवान चढ़ाने का रास्ता अमेरिका की तरफ़ ही जाता है। है ना अजब-गजब दुनिया।

●●●